청평조
清平調詞

구름 닮은 옷차림 꽃과 같은 생김새

봄바람 난간을 스쳐 가고·이슬 맺힌 꽃 짙어만 가네

만약 군옥산 머리에서 만나지 않았다면

정녕 요대의 달빛 아래서 만날 수 있으리

雲想衣裳花想容
春風拂檻露華濃
若非群玉山頭見
會向瑤臺月下逢

Fantastic Oriental Heroes

녹림투왕

녹림투왕 10

초우 新무협 판타지 소설

초판 1쇄 찍은 날 § 2007년 1월 17일
초판 1쇄 펴낸 날 § 2007년 1월 27일

지은이 § 초우
펴낸이 § 서경석

편집장 § 문혜영
편집책임 § 장상수
편집 § 서지현 · 심재영

펴낸곳 § 도서출판 청어람
등록번호 § 제1081-1-89호
등록일자 § 1999. 5. 31
어람번호 § 제2-1107호

주소 § 경기도 부천시 원미구 심곡1동 350-1 남성B/D 3F (우) 420-011
전화 § 032-656-4452 팩스 § 032-656-4453
http://www.chungeoram.com
E-mail § eoram99@chollian.net

ⓒ 초우, 2005

ISBN 978-89-251-0507-9 04810
ISBN 89-5831-402-8 (세트)

Fantastic Oriental Heroes

초우 新무협 판타지 소설

綠林鬪王

녹림투왕 10

도서출판 청어람

|목차|

전륜살가림의 림주인 천존은 그의 제자인 도와 탄을 데리고 중원무림의 고수 사냥에 나섰다가 관표의 두 의형 중 한 명인 호치백을 만난다.

천존은 호치백을 죽이려 했으나 환골탈태하여 무학의 새로운 경지에 달한 독종 당진진이 나타나 호치백을 겨우 구해낸다.

천존의 무공은 독신의 경지에 달한 당진진도 어쩔 수 없을 만큼 강했던 것이다.

천존은 중원의 일을 두 명의 사제에게 부탁하고 천축에 있는 일을 마무리하기 위해 떠난다. 그는 다시 자신이 중원에 왔을 땐 중원을 자신의 발아래둘 것임을 맹세한다.

그 후 호치백과 당진진의 사이엔 남녀 간의 애틋한 마음이 싹트고, 관표는 의형인 도종을 도와 십도맹의 반란을 제압한 후 백리소소와 함께 무림맹으로출발한다.

무림맹에서 관표는 종남파의 유지문과 팽완이 자신의 의제임을 세상에 밝힌다.

그 일로 사문에서 인정을 받지 못하던 유지문은 종남파의 신성으로 떠오른다. 그리고 무림맹에서 두 명의 사부를 기다리던 관표는 십이대초인 중 한명인 불괴 연옥심과 대결하여 그를 물리치면서 다시 한 번 자신의 무공을 과시하였다.

무림맹의 군사인 제갈령은 그런 관표를 자신이 차지하려는 욕심을 지니고, 우선 그의 여자인 무후를 암살하려는 음모를 꾸민다.

그녀는 백리소소에게 구인촌에 가서 혈강시를 깰 수 있는 비법을 얻어다 달라고 부탁한다.

백리소소는 그것을 허락하고 구인촌을 떠난다.

제갈령은 요지문을 통해 그녀가 구인촌으로 떠난 것을 전륜살가림에 알린다. 그들의 손을 빌어 무후를 죽이려 한 것이다.

천존의 두 사제 중 한 명이자 십이대초인 중 한 명인 사령혈마 담대소는 자신이 직접 그녀를 죽이기 위해 수하들과 함께 떠난다. 그러나 제갈령의 음모를 눈치 챈 백리소소는 마종과 도종, 그리고 외조부인 투괴 하후금까지 동원해서 오히려 담대소를 죽이고 무림맹으로 돌아온다.

그러나 제갈령은 이미 자신을 위해 변명을 준비해 놓고 있었다.

제갈령은 만약을 대비해서 자신의 시녀와 소림의 속가제자인 고명을 간세로 몰아 처형하고, 그들에 의해 무후의 소식이 전륜살가림에 알려졌다고 말을 해놓았던 것이다.

제갈령은 담대소가 죽은 사실을 숨긴 채 무림맹을 떠나 천문으로 돌아온다. 천문으로 돌아온 관표와 백리소소는 세상에 자신들의 결혼 소식을 알리고, 그때를 기점으로 천문과 철마상단이 본격적으로 활동하기 위한 준비를 서두른다.

그리고 드디어 결혼식이 시작되었다.

第一章

오화부종(梧花殺悰)

—최강의 의형제들

녹림도원의 인공 호수 가운데 있는 섬 위에 지어진 관표의 집은 한 폭의 그림 같았다. 많은 부분을 돌로 지어서 튼튼하면서도 내부 장식은 흑단목으로 하였기에 은은한 나무 향이 사람의 기분을 편안하게 만들었다.

정원에는 꽃들이 만발해 있었고, 울에는 나무들이 적당한 크기로 자라 운치를 더해준다.

관표의 집은 그 어느 때보다도 활기가 넘치고 있었다.

관표의 동생들은 이리저리 뛰어다니면서 심부름하느라 바빴고, 관표의 어머니와 백리소소, 그리고 관표의 두 여동생은 음식을 만들기에 바빴다. 그리고 관표의 의동생인 유지문과 팽완은 관표의 두 여동생을 돕고 있었는데, 그들은 왠지 두 여동생에게 쩔쩔매고 있었다.

관표의 여동생인 관소와 관요는 그동안 꾸준히 내공심법을 익혀 몸이 튼튼해졌고, 살결도 훨씬 고아지면서 한 송이 꽃처럼 아름다워지고 있었다.

더군다나 관표가 틈나는 대로 개정대법을 펼쳐 주었기에 몸 안에는 활기가 넘치고 살결은 고무처럼 탄력이 있었다. 어느새 그녀들은 내공의 기초가 튼실해져 언제라도 무공을 배우면 제 몫을 할 수 있을 정도가 되어 있었다.

가끔 팽완과 유지문이 바보처럼 헤헤거리며 두 딸을 보고 있는 모습을 보면서 어머니 심씨는 미소를 지으며 모른 척하였다. 그녀도 두 사람이 사윗감으로 싫지 않았던 것이다.

관표의 집에서 가장 큰 방 안.

결혼을 앞둔 관표와 그의 두 사부인 경중쌍괴, 백리소소의 조부인 백리장천, 그리고 도종과 마종을 비롯해서 낭인검 호치백과 의종 소혜령 투괴 하후금 등이 모여 앉아 있었다.

그야말로 강호무림인들이라면 이들을 보는 것만으로 숨이 멎을 것이다.

십이대초인들 중에 일곱 명이 한자리에 모여 있는 것이다.

그들은 무인들답게 무공에 대한 이야기며 그동안 쌓였던 이야기들로 즐거운 시간을 보내고 있었다. 모두들 막히지 않은 사람들이었고, 무공에 있어서 대가를 이룬 사람들이라 서로 이야기를 나누면서 도움을 주고받았다.

관표와 도종이 한동안 무공의 본질에 대해서 이야기를 나누고 있을 때였다.

두 사람의 모습을 묵묵히 지켜보던 마종이 갑자기 말문을 열었다.

"잠시 제가 도종 귀원 형과 관 대협, 호 대협에게 할 말이 있습니다."

지금까지 몇 마디 하지 않았던 마종이었기에 모두들 궁금한 표정으로 그를 바라본다.

모든 시선이 자신에게 모아지자 마종은 조금 상기된 표정으로 말했다.

그 표정은 마치 막 아이를 기다리는 아버지의 모습 같았다.

"이 여 모가 참으로 염치없는 부탁을 하고자 하니 혹시 들으시고 여러분들이 비웃지 말아주시기 바랍니다."

이쯤 되면 더욱 궁금해진다.

관표가 부드러운 표정으로 말했다.

"말씀해 보십시오. 이 관표가 들어줄 수 있는 거라면 성심을 다하겠습니다."

여불휘는 기다렸다는 듯이 말을 이었다.

"이 여 모는 비록 마종이라 불리지만 세상을 살면서 부끄러운 짓을 한 적이 없습니다. 우선 그 점을 분명히 해두고자 합니다. 사실 제가 하고자 하는 부탁은 다른 것이 아닙니다. 제가 존마궁의 적자로 태어나다 보니, 어려서부터 무공만을 수련하며 컸기에 조그마한 재주를 가질 수 있었습니다. 그러나 그로 인해 평생을 더불어 의지할 수 있는 사람을 사귀지 못했습니다. 그것이 항상 아쉬웠는데, 근래 관 대협과 호 대협, 그리고 귀 형의 모습을 보니 갈수록 부럽기만 했습니다. 더군다나 세 분은 제가 세상을 살면서 그 누구보다도 호감을 가지고 있던 분들이라 더욱 그 마음을 숨기기 어려웠습니다. 그래서 며칠간 생각한 끝에 이런 부탁을 드리게 되었습니다. 세 분 사이에 이 여 모도 함께할 수 없는지, 혹시 여지가 있다면 저도 더불어 사귈 수 있는 기회를 주었으면 하는 마음입니다."

충분히 알아들을 수 있는 말이었다.

관표가 귀원과 호치백을 바라본다.

귀원과 호치백이 너털웃음을 웃으면서 고개를 끄덕이고 있었다.

두 사람 역시 마종에 대해서 속으로 좋은 감정을 가지고 있던 참이었다.

관표 역시 싫지 않았다.

지금까지 살펴본 마종은 비록 마도의 인물이긴 하지만 경박하지 않았고, 결코 악하지 않았다. 비록 패도적인 성격이 없지는 않았지만, 호협한 기질은 남자답다고 할 수 있었다.

호치백이 말했다.

"이거 내가 말년에 무슨 복이 있어서 십이대초인 중 세 명과 의형제를 맺게 된단 말인가? 허허, 아무래도 인복을 타고난 게야."

그 말로 모든 것은 결정되었다고 할 수 있었다.

자리에 있던 사람들의 축하 속에 그들은 다시 의형제의 수순을 거치고 서열을 정해야 했다. 물론 어떤 상황에서도 관표는 막내의 신분을 벗어나지 못했다.

나이를 따져 보니 호치백 다음이 마종 여불휘라 의형제 중 셋째가 된 것이다. 마침 음식과 술을 가지고 들어오던 백리소소가 그들이 더불어 사귀는 것을 지켜보다가 말했다.

"참으로 이럴 땐 남자들이 부럽습니다. 그래도 이제 저에게 한 명의 시숙이 더 생겼으니 능히 그것으로 충분히 기쁜 마음입니다. 여 셋째 시숙께서는 제수씨의 술을 한잔 받으십시오."

백리소소가 분위기를 띄우며 술을 따르자, 마종이 눈물을 글썽이며 말했다.

"내 이렇게 훌륭한 두 분 형님을 오늘 사귀고 세상에서 제일 멋진 동생까지 생겼는데, 이제는 하늘의 선녀보다 더 아름다운 제수씨에게 술까지 받고 보니 지금 내 인생에서 이보다 행복했던 때가 있었는가 싶습니다. 참으로 감사합니다."

마지막 말을 하는데 눈물이 주르륵 떨어진다.

그걸로 마종이 얼마나 외롭게 살아온 사람인지 능히 짐작할 수 있었다. 귀원이 이에 호탕하게 웃으면서 말했다.

"이런, 내 오늘 믿음직한 동생이 한 명 생겼구나 했는데, 저렇게 여린 동생일 줄이야. 허허. 그래도 오늘 내 기분이 참으로 행복하니 이무슨 조화인가?"

귀원의 넉살에 모두들 너털웃음을 웃을 때, 관표는 아우들인 유지문과 팽완을 불러 의형들에게 인사를 시켰다.

두 사람은 관표의 의형들을 사숙이라 부르기로 하였다.

두 사람이 아무리 관표의 아우들이지만 서열상 도종이나 마종, 그리고 호치백과 호형호제할 수는 없는 것이다. 이렇게 많은 사람들의 축하 속에 관표에겐 새로운 의형제가 한 명 더 생겼다. 그리고 그들의 이야기는 끝없이 이어진다.

경중쌍괴가 서로 번갈아 가면서 관표를 만날 때의 이야기는 단연 최고의 인기였다. 특히 음양접으로 하수연 일행을 혼내준 이야기를 할 때는 모두들 박장대소하였고, 의종 소혜령과 백리소소는 얼굴을 가리고 말았다.

하남성 군영상회의 회주인 권기문은 자신의 상에 올라온 열대 과실들을 보고 군침이 돌기 이전에 놀라움에 숨이 막히는 기분이었다.

식사가 끝난 후 후식으로 올라온 과일들을 그는 한 번에 알아보았기 때문이다.

'이건 남쪽 지방에서만 난다는 감초(바나나)와 봉리(파인애플)가 아닌가. 그런데 어떻게 북방인 섬서 지방에서 볼 수 있단 말인가? 만약 이걸 내다 판다면 얼마나 많은 이문이 남을까?'

아무리 생각해도 놀라운 일이었다.

그의 놀라움은 동해어옹의 놀라움과는 또 다른 것이었다.

지금 올라온 과일들이 나는 남쪽 지방에서 현 천문이 있는 섬서성까지 아무리 빨리 운반을 한다 해도 족히 한 달은 걸릴 것이다.

어떤 방법으로도 그 시간 동안 이 과일들을 보관해서 올라올 수 있는 방법이 없었다. 출발해서 조금 지나면 모두 썩어서 버려야 할 것이다.

권기문은 상인으로서 강한 유혹을 느끼지 않을 수 없었다.

'만약 지금 상에 올라온 과일과 어류, 차 등을 운반하고 보관하는 방법을 알아낼 수 있다면? 그러면 강호 상계에 일대 혁신이 일어날 것이다. 아니다. 어차피 이 정도의 비밀이라면 천문에서도 극비일 것이니, 욕심 부리지 말고 이들과 거래를 트기만 할 수 있다 해도 큰 이익이 될 것이다.'

권기문이 흥분과 기대감, 그리고 놀란 시선으로 과일들을 보고 있을 때였다.

"허허, 이거 참 기가 막힌 맛이로다. 마치 지금 막 수확한 것처럼 맛이 있구나."

권기문이 고개를 돌려보니 무당의 한 장로가 감초의 껍질을 벗긴 채 입에 넣고 오물거리는 중이었다.

그 말이 신호이기라도 한 듯 무인들과 상단의 인물들이 과일을 먹기 시작했다.

권기문 역시 봉리 한 조각을 들어 입 안에 넣었다.

순간 향긋한 과즙에 입 안에 가득 고여들었다.

언제인가 해남에 갔다가 먹은 그 맛과 조금도 다르지 않았다.

권기문은 자신도 모르게 중얼거렸다.

"대체 이 과일들을 어떻게 운반하고 보관했단 말인가?"

마치 그 말을 기다리기라도 했던 것처럼 모든 사람들의 시선이 그에게 몰렸다.

"아마도……."

권기문의 말을 받은 것은 청성파의 장로이자 현 무림맹의 원로인 현원 도장이었다.

모든 시선이 권기문으로부터 현원 도장에게로 옮겨졌다.

현원 도장은 가볍게 헛기침을 한 번 하면서 말을 이었다.

"험, 내 생각엔 음한지기를 터득한 고수가 큰 통에 이 과일들을 넣고 운반하지 않았나 싶습니다."

그 말을 들은 소림의 정원 대사가 고개를 흔들었다.

"아미타불, 그것은 불가한 일입니다. 아무리 정심한 음한지기의 고수라도 그렇게 오랫동안 내공을 운용하여 통을 서늘하게 만들 수는 없습니다."

정원 대사는 소림 장각 각주로 무공에 대한 해박함만을 놓고 본다면 지금 이 안에 있는 수많은 고수들 중 능히 으뜸이라고 할 수 있었다.

그가 그렇다면 틀림없이 그럴 것이다. 그러나 현원 도장도 그렇게 쉽게 자신의 주장을 굽히지 않았다. 그에게도 나름의 근거가 있었던 것이다.

"무량수불, 그건 옳은 말씀이십니다. 하지만 통 안에 산봉우리에서 채취한 만년설을 넣고 중간중간에 그 얼음만 녹지 않게 음한지기를 펼친다면 가능할 것입니다. 특히 열대 과일을 가지고 올 때 아직 덜 익은 것들로 고른다면 가지고 오는 중에 알맞게 익지 않을까 싶습니다."

제법 그럴듯한 가설이었다. 그러나 권기문은 고개를 흔들었다.

"군영상회의 권기문이 도장님께 감히 한 말씀 올립니다. 일단 저의 견해는 도장님의 의견과 조금 다릅니다. 물론 저는 이 과일들을 어떻게 운반하고 보관했는지는 잘 모릅니다. 솔직히 지금으로선 짐작도 못하고 있습니다. 그러나 도장님의 의견엔 조금 문제가 있다는 것은 알 수 있습니다. 우선 이 열대 과일들을 단순히 도장님이 말씀하신 대로 운반해 왔다면 지금같이 싱싱한 맛은 절대로 얻을 수 없을 것입니다. 과일의 보관이란 단순히 온도만으로 해결할 수 있는 것이 아니기 때문입니다. 특히 맛에 있어서는 더욱 그렇습니다."

군영상회라면 바로 강북 삼대상단에는 미치지 못하지만 하남성의 작은 군소상단들이 모여서 만든 상단 연합회로 하남 일대의 상권은 이들에 의해서 좌지우지된다고 할 수 있었다.

강북 삼대상단들도 하남 일대에서는 이들의 눈치를 볼 정도로 상당한 세력을 구축하고 있는 곳이기도 했다. 또한 이 상회의 뒤에 소림이 있다는 것은 누구나 다 아는 사실이었다. 그리고 권기문은 상회의 회주이자 소림의 대표적인 속가제자로 강호에서도 함부로 무시할 수 없는 자였다.

이전에 소림의 속가 장문인이라고 할 수 있는 고명이 무후의 행적을 전륜살가림에 알린 간자로 밝혀져 처형된 후 그의 서열은 속가제자들 중 가장 높았다.

권기문의 말에 청성의 현원 도장도 고개를 끄덕일 수밖에 없었다. 상업과 관련된 일이라면 아무래도 자신보다 경험이나 지식이 월등한 사람이니 틀리지 않았을 것이라 생각했던 것이다.

이렇게 많은 사람들이 식탁에 올라온 과일을 보고 설왕설래할 때 그 모습을 보고 있던 지다선 제갈령의 얼굴은 차갑게 굳어 있었다.

'천문에서 실로 무서운 무기를 준비했구나. 여기 올라온 것들을 상품으로 포장해서 판다면……?'

생각만 해도 소름이 돋아나는 기분이었다.

그러나 생각을 가다듬던 제갈령은 이내 고개를 흔들었다.

'아니다. 아무리 천문이라고 해도 여기 있는 과일들이나 청어들을 보관하고 운반해 오는 것에는 한계가 있을 것이다. 오늘 이 자리에 이것들을 내놓기 위해 상당 기간 동안 준비했을 것이다. 그 정도라면 대량 유통은 할 수 없을 것이다. 비록 천문을 운영하는 것에는 큰 도움이 되겠지만, 그 이상의 어떤 것을 생각하기에는 역부족일 것이다.'

그렇게 마음속으로 부정은 하였지만 가슴 한 켠이 답답한 것은 어쩔 수 없는 일이었다.

'아무래도 천문을 정확하게 조사해 보아야겠다.'

제갈령이 결심을 굳히고 있을 때, 대청의 문이 열리면서 청룡단의 부단주인 장삼이 안으로 들어왔다.

이전에는 조그만 녹림채의 수하에 불과했던 장삼이지만, 이제 천문에서도 관표를 가장 가까이서 보좌하는 청룡단의 부단주로 강호에서 그 이름을 쩌렁하게 떨치고 있었다.

강호에서는 그를 일컬어 서위검(書衛劍)이라고 부르는 중이었다.

장삼은 이 호칭을 아주 좋아라 하는 중이었다.

장삼은 잠시 심호흡을 하였다.

아무리 벼락출세를 하였지만 무림맹의 맹주를 비롯해서 각 명문파의 대표적인 고수들이나 각 상단의 단주 급 이상 되는 인물들만 있는 자리였다.

사실 얼마 전까지만 해도 장삼은 감히 이들의 얼굴조차 마주 보지 못하던 신분이었다. 자신도 모르게 위축이 되는 기분을 느꼈다.

'이러면 안 된다. 침착해야 한다.'

장삼은 마음을 가다듬고 가볍게 심호흡을 하였다. 흐릿했던 시선 속으로 수많은 사람들의 얼굴이 쏙쏙 들어와 박힌다. 새삼 자신을 발탁해서 이 자리에 있게 해준 관표와 백리소소가 고맙고 또 고마웠다.

'주군, 내 생명이 끝나는 순간까지 충성을 다할 것입니다.'

장삼은 속으로 다짐을 하면서 우렁차게 말했다.

"곧 천문의 문주이신 관표님과 백리소소님을 비롯해서 그분의 지인들께서 인사하러 오실 것입니다."

모든 시선이 호기심을 지닌 채 장삼을 바라볼 때 문 안으로 관표와 백리소소가 나타났다. 순간 안에 있던 모든 사람들은 '와' 하는 감탄성을 자아내며 나타난 두 남녀를 바라보았다.

백색 단삼을 입은 관표의 모습은 헌헌장부의 모습 그대로였다. 눈에서 흐르는 정기와 근래 들어 몸에 배인 위엄은 능히 일파의 종사로서 조금도 모자라지 않은 모습이었으며, 절세가인의 낭군으로서 흠 잡을 곳이 없었다.

그리고 그의 곁에 있는 백리소소.

궁장을 차려입은 그녀의 모습은 눈이 부셔서 감히 마주 보기도 힘들 정도였다.

선의 경지에 달했다는 도사들이나 소림의 고승들조차도 그녀의 모습을 보고 경탄하며 시선을 거두지 못할 정도였으니, 다른 사람들은 굳이 설명하지 않아도 짐작할 수 있는 일이었다.

맹주인 송학 도장이 자신도 모르게 경탄하며 중얼거렸다.

"종남칠가(終南七歌)에 전해오는 오화부종(梧花娃悰)이란 말은 두 분을 두고 한 말이 아닌가 싶습니다."

종남칠가란 종남파에 전해오는 일곱 가지 노래를 말한다.

그 일곱 가지의 노래 중에 오화부종이란 노래가 있었다.

여기서 오(梧)는 벽오동나무로 만든 거문고를 말한다.

오백 년 전 종남에는 무선으로 불리던 고수가 있었다.

어느 이른 봄날 무선이 종남산을 내려오고 있을 때였다.

홀연 한 명의 선녀가 종남산 중턱에 있는 군화평(群花平)으로 내려오고 있는 것이 아닌가.

군화평은 종남산 중턱에 있는 약 삼천 평에 달하는 분지로, 이곳에 무리 지어 피는 들꽃은 무림에서도 아름답기로 유명했다.

무선이 놀라서 경신법으로 군화평에 도착하니 아직 이른 봄이라 망울을 터뜨리지 못한 거대한 꽃밭 가운데 선녀가 홀로 서서 하늘을 보고 있더란다.

무선이 감히 말을 걸지 못하고 지켜보는데, 이번에는 너무도 멋들어진 천신이 내려와 선녀 앞에서 거문고를 켜기 시작했다.

순간 너무도 아름다운 거문고 소리에 사방의 꽃들이 일제히 망울을 터뜨리며 만발하기 시작했다.

잠시 후에 천신과 선녀는 서로 손을 잡고 하늘로 올라갔지만 거문고 소리는 여전히 세상에 남아서 은은하게 울려 퍼졌고, 꽃들은 그 소리에 어울려 춤을 추더란다.

그 모습이 너무도 조화롭고 아름다워 선녀와 천신이 아직도 그 자리에 남아 어울리는 것 같았다.

무선이 넋을 잃고 서 있다가 정신을 차리고 보니 벌써 세 시진이 지난 후였고, 해가 서쪽으로 길게 누워 있더란다.

후에 무선은 여기서 깨달음을 얻어 신선이 되었다고 한다.

당시 무선은 자신이 본 것을 노래로 만들어 후손에게 전했는데, 이것이 바로 오화부종이었다.

그 후 무림에서 잘 어울리는 한 쌍의 연인을 일컬어 종남칠가의 오화부종이란 말로 칭송을 하곤 하였다.

송학 도장의 말처럼 관표와 백리소소의 모습은 잘 어울렸다.

특히 백리소소의 모습은 능히 오화부종에 나오는 선녀보다 절대 못하지 않을 것 같았다.

그런 백리소소의 모습을 본 제갈령은 자신도 모르게 얼굴이 굳어지는 것을 느끼고 두 손을 꾹 쥐었다가 편다. 한쪽에 같이 있던 지룡 제갈천문과 제갈군 역시 얼굴이 굳어지는 것은 어쩔 수 없는 일이었다.

'령아가 어째 쉽지 않은 도전을 하고 있는 것 같구나.'

제갈천문은 순간적으로 불안한 생각이 스치는 것을 느꼈지만 지금 그것을 표현하기에는 장소가 마땅치 않았다.

관표가 웃으면서 송학 도장을 보고 말했다.

"제가 어찌 천신의 위엄과 견줄 수 있을 것이며 거문고의 아름다운 음처럼 현묘함을 지닐 수 있겠습니까? 과찬에 부끄러울 따름입니다. 그 부끄러움을 감추고자 지금 이 자리를 빌어 많은 분들에게 제 지인들을 소개할까 합니다.”

관표의 말이 끝나자마자 기다렸다는 듯이 문안으로 많은 사람들이 들어왔다.

호기심으로 들어오는 사람들을 바라보던 무림맹 명숙들의 표정이 점차 굳어지고 있었다.

그들은 자신들도 모르게 다시 한 번 자세를 고쳐 잡고 있었으며 일부 앉아 있던 노강호들은 자리에서 서둘러 일어섰다.

그들의 심상치 않은 분위기에 중소상단의 상단주들이나 일부 무인들이 바싹 긴장을 하며 들어오는 사람들을 다시 한 번 바라보았다.

그들 중 쉽게 알아볼 수 있는 사람은 우선 의종 백봉화타 소혜령과 투괴 철두룡 하후금이었다.

이 두 사람이 천문과 연관이 있다는 것은 이미 강호에서 모두 알고 있는 사실들이었고, 그 생긴 모습이나 여자라는 이유로 쉽게 구별이 되었던 것이다. 그리고 들어오는 인물들 중에 덩치가 산만 한 노인과 바싹 마른 두 노인이 곤륜파의 장로인 경중쌍괴로서 관표의 사부란 것도 이미 다 아는 사실이었다. 그러나 이들과 어깨를 나란히 하고 들어오는 두 명의 노인과 두 명의 중년인은 아무나 쉽게 알아보지 못했다.

“호치백.”

동해어옹 소수심은 호치백을 보고 자신도 모르게 말했다.

호치백과 동해어옹은 상당한 친분이 있던 사이로 같이 구의에 올라 있었던 것이다.

호치백이 동해어옹을 보고 눈인사를 하였다.

이로써 또 한 명의 정체가 드러났다.

일부 사람들 사이에서 찬탄이 일어났다.

설마 호치백이 관표와 친분이 있을 줄은 몰랐던 것이다. 그러나 그들이 호치백이란 이름 앞에 찬탄하고 있을 때, 무림맹의 맹주인 송학 도장과 개방의 장로인 노가구 등은 한 명의 노인을 바라보고 있었다.

그들은 설마하는 표정으로 조금 더 찬찬히 노인을 살피고 또다시 살펴본다.

한편 제갈천문도 들어오는 사람들의 면면을 지켜보면서 가슴이 두근거리는 것을 느꼈다.

들어온 사람 중 한 명의 노인이 자신이 아는 누군가와 비슷했던 것이다.

설마설마하면서 다시 한 번 노인을 바라보았다.

'설마 아니겠지. 비슷하긴 하지만 기세가 절대 아니다.'

제갈천문은 아니라고 부정하면서도 자꾸 불안해지는 것을 느꼈지만, 고개를 흔들며 혹시나 하는 자신의 마음을 부정하였다.

아주 오래전 몇 번 보았던 그 누군가와 너무 닮은 노인이었지만, 그일 리가 없다고 생각한 것이다.

우선 기세가 너무 평범했고, 위엄은 있어 보였지만 무공의 흔적이 보이질 않았던 것이다.

무엇보다도 아주 오래전부터 강호에 모습을 보이지 않았던 그가 지금 이 자리에 나타날 이유가 없었다.

관표가 공손한 표정으로 자신의 뒤에 서 있는 사람들을 좌중에 소개하기 시작했다.

제일 먼저 정체불명의 노인을 소개한다.

"여기 계신 분은 제 아내의 조부님으로 백리 성에 장 자, 천 자를 쓰시는 분입니다. 무림에선 천검으로 알려지신 바로 그분입니다."

순간 제갈령의 손이 부르르 떨렸다.

한순간에 수많은 생각들이 그녀의 머리를 헤집고 지나갔다.

어디 그녀뿐이랴. 설마하면서 노인을 살피던 무림의 몇몇 명숙들은 놀라서 인사를 하기 시작했다.

그들이 인사를 나누는 동안 노가구나 송학 도장 등은 백리장천의 신상에 무엇인가 문제가 있다는 것을 느꼈지만, 묻지 않았다.

사정이 있을 것이고, 그들 스스로 눈앞의 노인이 백리장천임을 알수 있었기 때문이다. 문득 인사를 하는 중에 노가구는 무엇을 느낀 듯다시 한 번 백리소소를 바라보며 말했다.

"이런이런, 이 노개도 이제 죽을 때가 되었구려. 그러고 보니 무후가바로 무림쌍지 중 한 명인 신녀였구려."

노가구의 한마디에 좌중은 다시 한 번 놀란 표정으로 백리소소를 바라본다.

이제야 무후의 이름이 백리소소이자 백리장천의 손녀임을 깨우친것이다. 이는 곧 무후가 신녀란 말이 아닌가.

십이대초인 중 한 명에 들 정도의 무공에 쌍지 중 한 명이라고 말할수 있을 정도의 지혜를 동시에 지닌 여인. 그런데 그 여자가 이제 겨우방년을 조금 넘은 나이라고 하니 눈앞에 보면서도 믿기 어려운 일이었다.

일부는 놀라움과 일부는 허탈함을 감추지 못했다.

물론 그중엔 질시의 시선을 감추지 못하는 무리도 몇몇 있었다.

많은 사람들이 충격을 받았지만, 그 누구보다도 충격을 받은 것은 제갈령과 제갈천문이었다.

마치 안개가 걷히는 기분이었다.

'당했다. 완전히 속았다.'

놀라움과 패배감.

제갈령은 분했다.

무엇인가 조금씩 어긋나고 있던 계획들의 문제점이 한꺼번에 풀리는 느낌이었다.

'계집, 네가 철저하게 나를 속이고 있었구나. 그러나 승부는 이제부터다.'

제갈령은 지금까지는 자신이 조금 당했다는 느낌이 들었지만 앞으로는 자신이 있었다.

자신과 백리소소의 지혜가 비슷하다면, 문 쪽에 정열을 바친 자신이 무 쪽에 조금 더 치우친 백리소소보다는 나을 것이란 판단도 그 자신감에 한몫을 했다.

지금까지 당한 것은 백리소소의 정체를 몰랐기 때문이었으리라. 그러나 놀라움은 거기서 끝나는 것이 아니었다.

第二章
쌍봉쟁투(雙鳳爭鬪)
―천문의 형제들이 모였다

관표의 사부인 경중쌍괴의 소개가 끝난 후 백리소소의 외조부인 투괴와 그녀의 사부인 소혜령의 소개가 이어졌다.

이제 남은 사람은 셋.

호치백과 두 명의 중년인이었다.

관표는 호치백을 가리키며 말했다.

"제 의형 중 한 분이신 호치백님이십니다."

사람들은 다시 한 번 놀란 표정으로 호치백과 관표를 바라본다.

의형이란다.

설마 호치백이 관표와 의형제 사이일 줄은 생각하지 못했다.

호치백이 백리장천과 친한 사이라서 이 자리에 왔으리라 생각했던 사람들에게 그것은 나름 충격적인 일이었다. 그러나 사람들은 곧 고개를 끄덕였다.

무후와 신녀가 같은 사람이었다는 사실에 비하면 그다지 놀랄 일은 아니었던 것이다.

이어서 관표가 서생 차림의 중년인을 가리켰다.

무인들은 호기심이 어린 표정으로 중년인을 바라보았다.

일부 무인들은 이 중년인의 몸에서 뿜어지는 은은한 기세가 결코 만만치 않다는 것을 느끼고 궁금해하던 참이었다.

"제 의형 중 한 분이신 불패도 귀원 대협이십니다."

본명은 말하지 않았다.

상단의 단주 중 한 명이 놀라서 되물었다.

"도, 도종?"

관표가 웃으면서 고개를 끄덕였다.

"그렇습니다. 이 관 모가 인연이 있어서 도종 어른을 제 의형님으로 모시는 중이었습니다."

도종이 한 발 앞으로 나서며 포권지례를 하였다.

"강호에서 도종이라고 불리는 귀원이올시다."

누가 감히 귀원 앞에서 무례할 수 있겠는가? 그의 기도에 질린 좌중의 인물들이 자신도 모르게 마주 인사를 하였다.

조용히 있을 때는 숨겨져 있던 기도가 움직이는 순간 폭풍처럼 솟아오른 것이다.

그것만으로도 충분했다.

굳이 그가 도종인지 확인할 필요도 없었다.

이 자리에서 굳이 관표가 거짓말을 할 필요도 없지만, 그 기도만으로 능히 귀원의 무공을 짐작하는 무림의 명숙들이었다.

일부 대문파의 장로들 얼굴이 암울해진다.

비록 관표와 무후가 있다지만 관표가 녹림 출신이고 그 수하들 또한 녹림의 무리들이었다.

무후 또한 강호에서는 천마녀라는 악명을 얻고 있던 터였기에 천문이 아무리 강해보았자 녹림의 방계라고 폄하해 왔던 자신들이었다. 비록 무후가 의종 소혜령의 제자이긴 하나 이 부분에 대해서도 할 말이 있었다.

겨우 여자 덕을 보아 녹림이란 딱지를 떼려고 발버둥 치는 작자라고 흉볼 수 있었던 것이다. 여기에 조금 더 보태면 음지를 벗어나기 위해 여자를 이용한 비겁한 자식이라고 욕할 수도 있었다.

그러나 이제 그런 말은 더 이상 통용될 수 없을 것이다.

무후가 정파의 태상이라고 볼 수 있는 백리세가의 적자인데다, 관표는 그런 무후의 남편임은 물론이고 도종과 호치백의 의동생이란다.

백리세가보다도 정파 성향이 더욱 강하고 협객으로 알려진 호치백의 의동생이라면 이는 어느 누구도 무시할 수 없는 명분이 된다.

거기에 도종이 더해지면 뉘라서 함부로 할 것인가.

도종이 비록 정파는 아니지만 분명히 사파도 아니었다.

이제 힘으로도 명분으로도 천문은 명실 공히 무림 최고 문파 중 하나임을 인정해야만 하는 상황이었다. 기존 기득권자의 입장에서 보자면 입 안이 쓸 수밖에 없었다.

뒤에 서서 이 모습을 보는 장삼의 어깨는 절로 으쓱해지고 있었다.

'쥐새끼 같은 놈들. 간담이 서늘할 것이다. 이제 누가 감히 천문을 함부로 논하겠는가.'

생각할수록 통쾌한 일이었다.

관표의 시선이 마지막으로 남은 중년 서생에게 향했다.

모든 시선이 모아진다.

각이 진 얼굴.

굳건해 보이는 인상.

"이분 또한 제 의형이십니다."

모두들 다시 한 번 안색이 굳어졌다.

관표의 의형이라면 당연히 보통 인물은 아닐 것이다.

호치백이나 관표, 도종 같은 인물들이 아무나 데려다 놓고 형 동생 하지는 않을 것이기 때문이었다. 하지만 그 누구도 지금 중년인의 정체를 짐작하는 사람이 없었다.

관표가 소개하기도 전에 중년의 남자가 먼저 한 발 앞서 나서며 스스로 자신을 소개하였다.

"소생은 여불휘라고 합니다."

모두들 떨떠름한 표정들이었다.

아무리 생각해도 정파의 명숙들 중에 여불휘란 이름을 기억해 낼 수 없었던 것이다. 사실 이들 중 여불휘란 이름을 모르는 사람은 한 명도 없었다. 단지 그 이름과 지금 중년인을 연관 짓지 못할 뿐이었다. 여불휘란 이름을 중얼거리며 생각을 하던 제갈천문의 안색이 급격하게 변하였다.

"호… 혹시……."

그의 놀란 목소리에 모든 사람들이 그를 바라보았다.

관표가 고개를 끄덕이며 말했다.

"역시 제갈세가의 가주다우십니다. 맞습니다. 제 의형은 강호에서 마종이라 불리는 바로 그분이십니다."

대청 안이 한순간에 얼어붙었다.

설마 마종일 줄은 아무도 생각하지 못했다.

마종의 이름이 여불휘란 것도 이제야 기억해 내는 중이었다.

그 누구도 마종 여불휘를 관표가 소개한 여불휘와 같이 생각한 사람이 없었다는 뜻이다.

강호 명숙들 중 몇 명의 얼굴에 노골적으로 불쾌한 표정이 떠오른다. 그러나 그들의 표정에도 불구하고 마종 여불휘는 당당했다. 비록 몇몇이 마종이란 이름 앞에서 떨떠름한 표정을 지었지만, 그에게 대놓고 불만을 터뜨리는 사람은 없었다.

마종이란 이름도 이름이지만, 그와 함께 있는 사람들의 면면이 분위기를 그렇게 만들고 있었다.

제갈령은 조금 맥이 빠지는 기분이었다.

'이제 천문 그 자체가 무림맹보다 더욱 큰 영향력을 가지게 되었다. 이건 좋지 않아.'

제갈령은 한순간에 세력 판도가 바뀌는 것을 느끼면서 자신의 입지가 더욱 좁아졌다는 것을 알았다. 반대로 관표는 더욱 탐나는 먹잇감이 되었으며, 무슨 수를 써서라도 백리소소를 처리해야만 하는 절박함을 가슴에 품어야 했다.

가문과 자신을 위하여.

제갈령은 관표와 백리소소가 굳이 이런 자리에 이들을 배석하고 나타나 일일이 많은 사람들에게 소개하는 이유를 알 수 있었다. 물론 이런 일을 도모한 사람은 관표가 아닐 것이다.

'여우 같은 년. 도적이었다는 뿌리 때문에 움츠리고 있던 천문의 제자들에게 자긍심과 자신감을 심어주기 위해 결혼식을 이용하다니.'

알면서 당할 수밖에 없는 상황이었다.

이전까진 제아무리 관표와 무후의 명성이 높아도 천문의 태생은 녹림이라는 시각이 강했다. 그래서 명문의 제자들이 천문의 제자들을 강호에서 보면 사귀려 들지 않았고, 뒤에서 손가락질했었다. 이제 오늘 이후 그런 분위기는 뒤집어질 것이다.

십이대초인 중 두 명이 속해 있고, 다섯 명의 지지를 받고 있는 천문의 힘이라면 앞으로 거칠 것이 없을 것이다.

더군다나 금전적으로 자립할 수 있는 기반이 있다는 것도 보여주었다. 단순히 자립이 아니라 상단의 인물들이라면 군침이 돌 만한 것들을 보여줌으로서 그들의 호감을 얻어냈다. 그렇지 않아도 몇몇 상단의 힘이 너무 강해지면서 중소상단의 힘은 갈수록 축소되는 중이었다.

이번 결혼식에 그들을 초청한 것은 분명히 이유가 있을 것이다.

상단의 인물들 또한 그것을 눈치 채고 큰 기대를 하는 모습들이었다.

그들로서는 싫을 이유가 없었다. 큰 거래가 아니더라도 상징성을 가진 물품들이 많아서 상단에서는 눈독을 들일 수밖에 없다는 것이 제갈령의 판단이었다.

이 정도의 힘이라면 무림맹보다도 더욱 무서운 힘을 가졌다 할 수 있었다.

무엇보다도 충격적인 것은 정과 마, 그리고 정사 중간을 걷는 하후금은 물론이고 패도를 걷는 도종까지 천문을 지지하는 상황이고 보면 천문이야말로 백과 흑을 떠나 무림을 대표할 수 있는 문파라 할 수 있게 되었다.

앞으로 명문 정파들이라 해도 천문에게는 한 수 양보할 수밖에 없을 것이다.

제갈령의 생각을 읽기라도 했을까?

개방의 장로인 노가구가 너털웃음을 터뜨리며 말했다.

"참으로 대단합니다. 정과 사를 떠나 무인의 이름으로 의형제가 되었으니 참으로 축하할 일입니다."

원화 대사 역시 마종과 인사를 나누면서 말했다.

"아미타불, 이런 어려울 때에 이렇게 훌륭한 영웅호걸들이 의형제로 뭉쳤으니 이는 강호의 홍복입니다."

현 무림맹에서 최고의 원로 중 한 명인 원화 대사마저 이렇게 나오니 그나마 조금이라도 불만을 가졌던 원로 무인들은 오히려 무안해질 정도였다.

관표가 웃으면서 말했다.

"형님은 무인으로서 또한 중원의 아들로서 전륜살가림과 항전할 것이라고 선언하셨습니다. 저희들에게 큰 힘이 될 것입니다."

송학 도장이 반색하면서 마종에게 다시 한 번 인사를 하였다.

"지금같이 어려운 시기에 여 대협 같은 절세고수가 도와준다면 저희에겐 큰 힘이 될 것입니다. 무림 동도들을 대표해서 감사드립니다."

마종이 가볍게 고개를 흔들었다.

"나 역시 이 땅이 서역의 오랑캐에게 짓밟히는 것은 바라지 않습니다. 이는 당연히 해야 할 일일 뿐입니다."

원화 대사와 노가구는 고개를 끄덕였고, 몇몇 무림의 명숙들 얼굴은 굳어졌다.

제갈령은 그런 사람들의 표정을 유심히 살피고 있었다.

이어서 관표는 유지문과 팽완을 불러서 자신의 동생으로 소개하였다. 그 모습을 보면서 종남과 하북팽가의 원로들은 더없이 흐뭇한 표정을 지었지만 제갈령은 더욱 얼굴이 굳어졌다.

종남파와 하북팽가마저 관표의 지지 세력이 된 것이다.

결혼식은 끝이 났다.

결혼식 내내 풍성한 화제와 함께 천문의 힘을 세상에 마음껏 과시한 결혼식이었다.

명문 정파의 인물들만 보면 움츠리던 천문의 제자들은 이제 당당해졌다.

오히려 세상의 모든 무사들이 천문의 제자들을 부러운 시선으로 보게 된 것이다. 지금의 자긍심과 자신감은 천문을 진정한 명문대파로 만드는 초석이 될 것이다.

널찍한 취의청 안에 무림맹의 고수 이십여 명이 앉아 있었다. 이들은 무림맹에 속한 각 문파를 대표하는 고수들이었고, 그 외에 무림맹의 중요 인물들이었다.

관표와 백리소소의 결혼식이 끝나자 천문의 주재로 전륜살가림을 상대하기 위한 무림회의가 열린 것이다.

상석엔 맹주인 송학 도장과 원화 대사, 그리고 제갈령이 앉아 있었다. 제갈령이 상석에 앉은 것은 군사로서 맹주인 송학 도장에게 조언을 할 수 있는 적합한 위치였기 때문이다.

이는 무림의 원로들이 무언중에 합의한 사항이라 할 수 있었다.

잠시 후, 취의청 문이 열리면서 관표와 백리소소, 그리고 소혜령이 함께 안으로 들어왔다.

무림맹의 원로들은 자신도 모르게 자리에서 일어나 관표 일행을 맞이하였다.

제갈령은 그 모습이 영 못마땅하였지만 어쩔 수 없는 일이었다.

모두 자리에 앉자마자 백리소소가 말했다.

어차피 자리에 모인 이유가 분명하다면 서로 눈치 보고 망설일 이유가 없다고 생각한 것이다.

"이제 전륜살가림을 상대하기 위해서 무림맹과 천문은 힘을 하나로 모아야 할 필요가 있다고 생각합니다. 물론 지금까지 서로 협력하지 않은 것은 아니지만 많은 부분에서 미흡했고 서로 눈치를 보았던 것도 사실입니다. 우리는 먼저 그것을 인정해야 합니다. 이제 더 이상 그렇게 해서는 안 됩니다."

백리소소의 말이 끝나자마자 종남의 최고수인 분광마검 유광이 기다렸다는 듯 자신의 의견을 말하였다.

"무후의 말씀이 백번 옳습니다. 사실 우리 정파의 주축이라고 할 수 있는 대문파들 중에서는 천문의 뿌리를 평계로 탐탁지 않게 생각하는 면이 있었습니다. 어느 누구를 지적할 것도 없이 나부터 그랬던 적이 있으니, 지금 이 자리를 빌어 정식으로 사과를 드립니다."

유광의 말에 송학 도장과 원화 대사가 고개를 끄덕였다.

그 부분을 인정하지 않을 수 없었던 것이다.

많은 무림의 원로들 역시 유광이 정직하게 말하고 나서자 은근히 부끄러움을 느꼈다.

먼저 자신의 잘못을 인정하고 고개를 숙인 유광이 부럽다.

백리소소는 고마운 표정으로 유광을 본 다음 그 말을 이어받았다.

"이 일에는 천문의 잘못도 있습니다. 그리고 사실 저희 제자들 중 상당수가 녹림의 무리였던 것 또한 사실이죠. 하지만 그것은 과거일 뿐입니다. 이제 그런 것을 따지지 말고 함께 힘을 합해서 공동의 적을 상대해야 합니다. 그리고 살아남아서 이 땅을 지켜야 합니다. 우선은 그게 먼저입니다."

당당한 백리소소의 말에 상당수의 무림명숙들은 서로 다투어 진심을 말하고 서로 화해한다.

원래 어떤 갈등이든지 터놓고 말하면 풀기 쉬워진다.

제갈령은 옆에서 그 모습을 지켜보면서 다시 한 번 자신의 존재가 미약해지는 것을 느끼고 주먹에 힘을 주었다. 설마 백리소소가 이렇게 직접적이고 공격적인 방법으로 나올 줄은 몰랐다.

'하지만 아직은 기회가 있다. 어차피 이후에 서로 세력 싸움을 안 할 수 없을 터. 그때 보자.'

제갈령은 지금 같은 상황에서는 자신이 나서서 반박해 보았자 손해만 본다는 것을 알고 있었다.

서로 긴장이 풀어지고 분위기가 좋아지자 백리소소는 가볍게 웃으면서 말했다.

"그리고 호치백님 외에 도종 어른과 마종 어르신, 제 외조부이신 하후금님이 무림맹에 가입하시고자 합니다. 그리고 이 세 분은 모두 천문과는 전혀 관련없이 독자적인 자격으로 무림맹에 가입하려는 것입니다. 무림맹에서는 두 분의 신분과 무공에 어울리는 지위를 만들어주셨으면 합니다. 물론 그전에 두 분의 가입 허락 여부를 결정하셔야 할 것입니다. 또한 천문도 정식으로 무림맹에 가입을 원합니다. 지금까지의 협력 관계가 아니라 무림맹에 모든 힘을 모아 전륜살가림을 상대하는 것이 힘의 집중도에서 나을 것이라 생각했기 때문입니다."

충격적인 백리소소의 말에 모두들 어안이 벙벙할 정도였다.

가장 먼저 원화 대사가 일어서며 말했다.

"아미타불, 참으로 감사를 드립니다. 무림맹으로서는 마다할 이유가 없습니다. 오히려 저희가 무릎을 꿇고 빌어서라도 모시고 싶은 분들입니다. 그리고 관 시주와 무후 시주의 넓은 아량과 많은 양보에 감사드립니다."

원화 대사는 물론이고 송학 도장의 얼굴도 후련한 표정이었으며, 무림의 원로들 표정도 더없이 밝아졌다.

사실 너무 강해진 천문의 힘에 많이 기가 죽어 있던 무림맹이었고, 오히려 천문이란 이름이 무림을 대표하는 게 아닌가 하는 우려도 있었다.

전통의 명문들이 모인 무림맹이 들러리로 후퇴할 수도 있다는 고민과 함께 천문을 끌어안으려면 정말 많은 것들을 양보할 수밖에 없을 것이라고 생각하던 중이었다.

그런데 당연히 천문의 힘이라고 생각했던 절대고수들이 개인적인 이름으로 무림맹에 가입한다고 하니, 이는 무림맹의 힘이 그만큼 강해짐과 동시에 더욱 큰 명분을 얻을 수 있는 계기가 된 것이다.

뿐만 아니라 가장 꺼림칙했던 천문마저 큰 조건 없이 무림맹에 들어온다고 하니 누가 이를 싫다고 하겠는가.

노강호들은 이 조치가 백리소소의 지혜에서 비롯되었음을 금방 눈치 챌 수 있었다.

서로 갈등을 해소하고 함께 힘을 뭉치기 위한 사전 작업이라 할 수 있을 것이다.

제갈령은 다시 한 번 뒤통수를 맞은 기분이었다.

설마 관표와 백리소소가 이렇게 많은 부분을 양보하고 나올 줄은 생각하지 못했다. 이렇게 되면 그녀가 준비했던 많은 것들이 다시 한 번 물거품으로 변하게 된다.

제갈령은 다시 한 번 침착해지려고 애를 썼다.

선기는 상대가 잡았다. 지금 자신이 달려들어 반격하려고 하면 무리가 따르고 자신의 약점만 잡히게 된다.

'그래, 상대가 기세를 올릴 땐 그냥 지는 것이 좋다. 차라리 다음 기회를 노리자.'

제갈령이 마음을 굳히며 자신의 마음을 달래고 있을 때였다.

송학 도장은 잠시 원화 대사와 이야기를 나눈 후 말했다.

"일단 새로 가입하시는 분들 중 투왕과 무후, 도종 귀원 대협과 여불휘 대협, 그리고 하후 대협을 무림맹의 오대무상으로 임명하고자 합니다. 무상의 지위는 맹주의 바로 아래지만, 맹주의 명을 따르는 것이 아니라 보조자 역할을 하는 것으로 하겠습니다. 좀 더 명확한 것은 후에 의논해서 결정하기로 하고 그때 무림맹도 조직 개편을 하고자 합니다. 혹시 여기에 이의가 있으신 분들은 지금 말씀해 주시기 바랍니다."

아무도 이의 제기를 하는 사람이 없었다.

백리소소가 다시 무림맹의 맹주인 송학 도장을 보면서 말했다.

"맹주님, 이번에 새로 무림맹에 가입하는 사람들의 문제는 나중에 이야기하더라도 우선 해야 할 일이 있습니다."

"그 일이 무엇인지 말씀해 보십시오."

"이제 서로 하나가 되어서 전륜살가림을 상대해야 할 시기이니만큼, 서로 알고 있는 정보를 공유해야 할 때가 되었다고 생각합니다. 그래야 조금 더 유연하게 전륜살가림을 상대할 수 있다고 생각합니다."

백리소소의 말에 제갈령이 나섰다.

아무래도 그 부분이라면 군사인 그녀의 책임인 것이다.

그녀의 표정은 약간 굳어 있었지만, 백리소소를 향해 입을 여는 순간 거짓말처럼 부드럽게 풀어졌다.

"참으로 좋은 생각입니다. 저희 역시 아는 것을 숨김없이 말하고자 합니다. 그리고 저희는 천문에서 얻을 수 있는 정보가 조금이라도 있다면 더 이상 바랄 것이 없습니다."

참 듣기 좋은 소리였다. 그러나 뒤집어보면 천문에서 아는 정보는 나도 다 안다는 말이었다. 그러니 네가 줄 정보가 있겠느냐? 그냥 무림맹이 알고 있는 정보를 알고 싶으면 알고 싶다고 해라.

이렇게 말한 것이라 할 수 있었다.

백리소소가 왜 그 뜻을 모르겠는가? 하지만 그녀는 전혀 개의치 않고 제갈령을 바라보면서 생긋이 웃었다.

마치 그녀가 한 말을 하나도 못 알아들은 것처럼.

두 여자가 처음으로 말을 섞기 시작하자 기이한 긴장감이 감돌았고, 취의청의 무인들은 두 여자 사이에 흐르는 기묘한 기류를 눈치 챈 듯 모두들 조금씩 긴장하는 눈치였다.

무림에서 가장 지혜롭다는 두 여자 사이에서 어떤 이야기가 나올지 궁금한 순간이기도 했다. 그리고 이미 그들 사이에 미묘한 신경전이 벌어졌다는 것을 알았지만 그 누구도 함부로 끼어들지 못했다. 검을 들고 싸우는 게 아니라 말과 머리로 싸우는 것은 그들의 분야가 아니었던 것이다.

일부는 우려의 눈빛으로, 대다수는 흥미 어린 표정으로 두 여자를 지켜본다.

각자 마음속의 누군가를 응원하면서.

"천문은 물론 아는 것이 많지는 않습니다. 하지만 적을 상대하기 위해서는 아무래도 조금이라도 더 알아야겠기에 염치 불구하고 무림맹의 정보를 얻을까 하는 것입니다. 어차피 천문도 이제 정식으로 무림맹이 되었으니 한 힘 보태려는 거지요."

제갈령은 고개를 끄덕였다.

이쯤이면 됐다.

처음부터 상대를 너무 자극하는 것은 좋지 않다고 생각한 제갈령이었다.

"우선 저희가 아는 것 중 하나는 백호궁입니다. 백호궁이 전륜살가림의 주구인 것 같습니다."

제갈령의 말을 들은 무림의 명숙들은 큰 충격을 받은 모습으로 제갈령을 바라보았다.

백호궁에 대한 것은 무림맹에서도 몇몇만 알고 있던 비밀로 공개적인 자리에선 처음으로 언급을 한 것이다.

백호궁은 강호에서 가장 강대한 세력 중 한 곳이고 보니 의심은 갔지만 함부로 말할 수 없었던 것이다.

결정적으로 증거가 불충분했었다.

제갈령은 백호궁의 이름을 들먹여 천문을 놀라게 해주려 했지만, 조금 실망하고 말았다.

백리소소는 물론이고 관표조차 조금도 놀란 모습을 보이지 않았던 것이다. 설사 백호궁이 전륜살가림의 주구임을 알았다 해도 이런 자리에서 공식적으로 언급을 한다면 조금쯤 반응을 보일 거라 생각했던 제갈령이었다.

백리소소가 말했다.

"군사께서 그렇게 말씀하시는 것을 보니 어떤 결정적인 증거를 잡은 것 같습니다."

"물론입니다."

취의청의 공기가 더욱 팽팽해진다.

제갈령은 입가에 자신있는 미소를 머금었다.

"다행히 근래에 확실한 정보를 입수할 수 있었습니다. 물론 약간의 문제는 있습니다."

송학 도장이 제갈령을 보면서 물었다.

"무량수불, 대체 어떤 정보입니까?"

송학 도장의 물음엔 왜 그런 것을 미리 말하지 않았느냐는 질책의 뜻도 담겨 있는 것 같았다.

이로 보아 제갈령은 그 증거란 것에 대해서 아직 맹주인 송학 도장에게조차 보고하지 않았다는 것을 알 수 있었다.

제갈령은 일어서서 송학 도장을 향해 허리를 숙이며 말했다.

"우선 미리 보고하지 못한 것을 맹주님께 사과드립니다. 하지만 저도 이 부분에 대해서 안 것은 오늘 아침, 바로 여기 오기 전이었습니다. 그리고 확신할 수 있는 정보이긴 하지만 증거가 있는 것은 아니라서 조금 망설였습니다."

"무량수불. 조금 더 자세히 말해주십시오, 군사."

"얼마 전부터 백호궁이 전륜살가림과 관계가 있을 것이란 예상은 하고 있었습니다. 그러나 증거가 없어서 함부로 언급하지 못하던 중이었고, 저는 그 증거를 잡기 위해 제갈세가의 비밀 조직을 이용해서 정보를 수집하고 있었습니다. 물론 백호궁에 직접 그들을 침투시키는 바보 같은 짓은 하지 않았습니다."

제갈령의 말에 백리소소가 고개를 끄덕이며 말했다.

"그들의 하부 조직에 침투시켰겠군요."

"맞아요."

대답을 한 제갈령이 백리소소를 바라본다.

마치 어느 곳에 침투시켰는지 맞추어보라는 듯이.

모두의 시선이 다시 두 여자에게 모아진다.

이제 이차전인가?

"구호정(口護井)."

백리소소의 말에 제갈령이 고개를 끄덕였다.

그 말을 들은 사람들은 어리둥절한 표정들이었다.

구호정은 약초를 사고파는 곳이었다.

단순히 약초 가게가 아니라 강북무림에서 가장 많은 약초가 모였다가 다른 중소 약초상이나 의원들에게 팔려 나가는 곳이었다. 그런데 이 약초상이 왜 갑자기 언급되는지 이해가 되지 않는 무인들이었다.

제갈령은 조금 감탄한 표정으로 고개를 끄덕였다.

사실 신녀라는 명성을 얻을 정도라면 이 정도는 생각해 내야 하는 것이 당연하다고 생각하는 그녀였다.

"맞아요. 전 약초상에서 몇 가지의 약초들을 조사하고 그것이 어디로 흘러가는지 확인만 했을 뿐입니다. 그리고 그 약초들이 정확하게 백호궁으로 흘러가는 것을 확인했습니다."

듣고 있던 유광이 참지 못하고 물었다.

"대체 그 약초가 무엇입니까? 그리고 몇 가지의 약초가 백호궁으로 흘러들었다고 해서 그것만으로 백호궁을 의심하게 된 이유는 무엇입니까?"

"그것은 아주 간단한 이치입니다. 지금 전륜살가림의 가장 큰 무기 중 한 가지는 혈강시입니다. 만약 중원에 전륜살가림의 본거지가 있다면 어디선가 이 혈강시를 제련하고 있지 않을까 생각했습니다. 지금 제가 조사한 약초들은 이 혈강시를 만드는 데 꼭 필요한 몇 가지의 약초들입니다."

"하지만 군사, 그 약초는 다른 곳에도 쓸 수 있지 않겠습니까?"

"몇몇 약초는 간단한 몸살 등에 쓰이는 싸구려 약초입니다. 백호궁 같은 무인 집단에서 그런 약초가 대량으로 필요할 이유가 없지요. 그리고 혹시 있다 해도 그거보다 비싸지만 더욱 효과가 좋은 약초도 있습니다. 백호궁에 돈이 없진 않을 것이고."

그제야 모든 사람들은 이해할 수 있었다. 그러나 이 문제는 이해하는 차원에서 끝나는 문제가 아니었다.

강호무림의 최고 세력이라 할 수 있는 백호궁이 전륜살가림의 주구라니.

그 충격으로 인해 모두들 얼굴이 굳어 있었다.

第三章

신녀무정(神女無情)

─남의 남자를 탐하지 마라

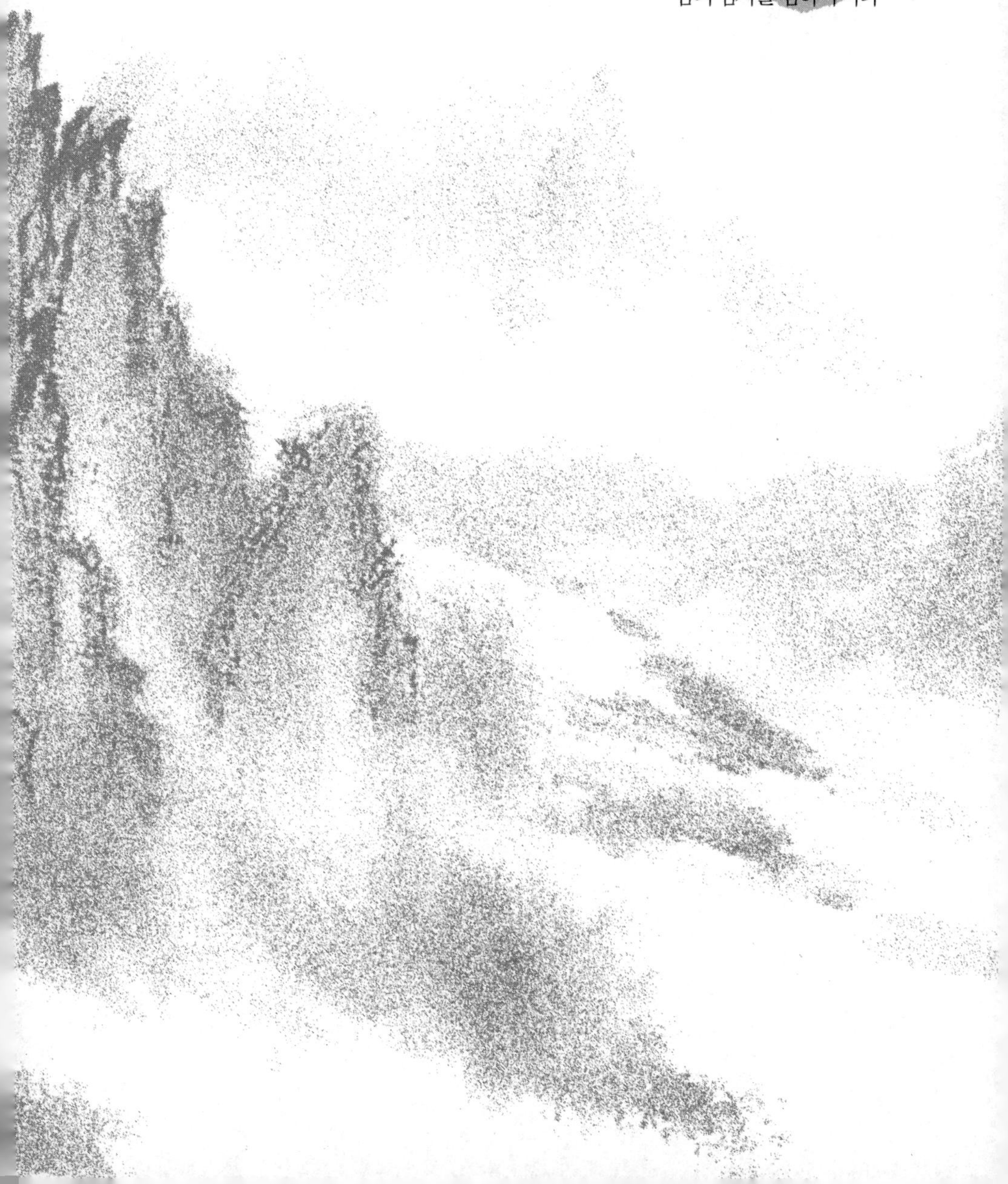

유광이 한숨을 내쉬고 말했다.

"백호궁이 전륜살가림의 주구라면 참으로 어려운 일입니다. 우리가 상대해야 할 고수들이 너무 많습니다. 그리고 그들은 분명히 중원인들입니다."

"백호궁의 백호들 때문에 말씀하시는 거라면 저도 조금 난감합니다. 백호들은 아직 백호궁이 전륜살가림의 주구인지 모르고 있습니다. 사실 우리가 말한다고 해도 확실한 증거를 들이대지 못한다면 그들을 설득시키지 못할 것입니다. 하지만 방법은 있습니다. 그들이 만들고 있는 혈강시를 찾아내서 드러내 보이면 될 것입니다."

모두들 고개를 끄덕였지만, 백호궁에 침입해서 그들이 혈강시를 만들고 있다는 것을 밝혀내기가 얼마나 힘든 일인지는 모두 알고 있었다.

"문제는 그뿐이 아닙니다. 그것보다 더 난감한 문제가 있습니다."

백리소소의 말에 제갈령은 고개를 끄덕였다.

"무슨 말을 하려는지 알고 있습니다. 제일 난감한 문제는 백호들 중 분명히 그들의 일에 동조하는 자들이 있을 거란 추측이지요. 그것도 상당히 많은 수가 그들에게 회유당했을 거라 느낀 것입니다."

그 말을 들은 팽대현이 고개를 흔들며 말했다.

"백호들은 모두 강호의 전대 고수들입니다. 그들 중에는 구파일방이나 오대세가의 고수들도 포함되어 있습니다. 그리고 정파의 고수가 아니라도 명예를 아는 자들이 많습니다. 순수하게 무공이 좋아서 백호가 된 사람들입니다. 쉽게 회유되지는 않았을 거라 믿습니다."

백리소소가 고개를 흔들었다.

"믿음은 믿음으로 끝나야 합니다. 확실하지 않으면 일단 전부 의심해야 합니다. 괜히 작은 것을 소홀히 했다가 후에 감당할 수 없는 위험으로 되돌아올 수 있습니다. 확실하게 조사를 하고 신중하게 고려해서 옥석을 가려내야 합니다."

제갈령도 고개를 끄덕였다.

"무후님의 말씀이 백번 옳습니다. 어차피 백호궁을 공격하는 것은 많은 시간이 걸릴 것입니다. 철저하게 조사하도록 하겠습니다."

모두들 납득하는 표정을 짓자 제갈령이 백리소소에게 물었다.

"천문은 아직 정보 조직이 제대로 만들어지지 않을 것으로 아는데 백호궁에 대해서 무척 정확하게 알고 있는 것 같습니다?"

백리소소가 가볍게 웃으면서 응수하였다.

"우리가 비록 제대로 된 정보 조직은 없지만, 그래도 세상일에 아주 문외한은 아니라서 어느 정도는 눈치 채고 있었습니다."

겸손이다.

백호궁의 일은 무림맹에서도 몇 명만 아는 정보였는데, 무후가 그것을 알고 있다면 무림맹에서 흘러들어 갔거나 아니면 어떤 우연으로 알게 되었을 것이다. 현재 천문의 정보 체계로는 알기 어려운 일이었다.

제갈령은 의종 소혜령에게서 들었을 것이라고 생각하며 무림맹에서 알고 있는 몇 가지의 정보를 백리소소와 관표에게 말해주었다.

생각보다 무림맹에서 알고 있는 것은 많았다.

무림에 분포되어 있는 전륜살가림의 세력은 무려 이십여 개에 달했고, 그 문파들은 모두 상당한 세력을 구축하고 있는 문파들이었다. 그 외에 몇 가지를 더 이야기한 제갈령이 마지막으로 말했다.

"이제 무림맹에서 모아놓은 전륜살가림의 정보에 대해선 어느 정도 말한 셈입니다. 천문이 우리에게 알려줄 정보는 무엇이지요?"

어찌 보면 당연한 말이었다.

이쪽에서 준 게 있으니 그쪽도 내놓으란 말인데, 제갈령의 말투는 관연 천문에서 줄 수 있는 정보가 있겠느냐? 하는 말투에 더 가까웠다.

모두들 두 여자의 대결이 삼차전으로 넘어갔다고 생각했다. 그런데 지금까지 누가 이기고 있는 것이지? 그것이 조금 애매한 면이 있긴 했다.

백리소소의 입가에 미소가 걸렸다.

"우리가 알고 있는 정보는 딱 한 가지입니다. 전륜살가림의 주구 중 최강의 세력이라고 할 수 있는 백호궁 말고 그와 비슷한 세력 하나가 더 있다는 것입니다."

백리소소의 말에 무림맹의 고수들은 물론이고 제갈령까지 얼굴이 딱딱하게 굳어졌다. 백호궁만 해도 충격적인 일이었는데 그만한 세력이 또 있다고 하니 그저 놀랄 수밖에 없었다.

만약 그 말이 사실이라면 백호궁과 그 세력만으로도 무림 전체와 건곤일척의 승부를 논할 수 있을 정도라 할 수 있겠다.

제갈령이 놀란 표정을 숨기지 않고 백리소소를 보면서 물었다.

"대체 어디를 말하는 거죠. 강호무림엔 백호궁과 견줄 수 있는 세력은 거의 없는 것으로 알고 있습니다. 있다 하더라도 짐작이 안 가는군요."

"사령혈교."

몇몇은 놀랐을지언정 침착한 표정을 유지하려 애쓰고 있었지만, 그 외의 사람들은 기겁한 표정들이었다.

강호무림에서 가장 강하다는 천군삼성 중 두 명이 전륜살가림의 주구였다니, 그저 기가 막힐 뿐이었다. 그렇다고 무후가 거짓말을 하지는 않았을 것이다.

제갈령은 마른침을 삼키고 나서 물었다.

"물론 확실한 정보겠죠?"

"당연히. 그리고 담대소는 죽었습니다."

취의청 안이 다시 한 번 경직되었다.

천군삼성 중 한 명인 담대소가 죽었다고 한다.

쉽게 믿을 수 없는 일이었다.

유광이 마른침을 삼키며 백리소소에게 물었다.

"대체 누가 그를 죽였단 말입니까?"

누구나 묻고 싶은 말이었다.

모두 궁금한 표정으로 백리소소를 바라본다.

아직도 믿을 수 없다는 표정들이었다.

백리소소는 제갈령을 돌아보았다.

"제가 군사님의 부탁으로 구인촌에 갔던 것을 기억하겠죠?"

"물론이죠. 지금도 고맙게 생각하고 있습니다. 그리고 그날 일은 항상 미안하게 생각하고 있었습니다."

백리소소가 그녀의 말에 미소를 머금고 말했다.

그 모습이 너무 아름다워서 취의청 안의 사람들은 순간적으로 긴장이 풀어지고 말았다.

"그날 구인촌에 갔을 때, 저를 기다리던 손님들 중에 담대소가 있더군요."

"하지만 그때 돌아와서 말할 때는……."

"그땐 이유가 있어서 다 말하지 못했습니다. 잠시 후에 그 이유는 말하기로 하고, 중요한 것은 그때 분명히 담대소가 나타나 나를 죽이려 했다는 사실입니다."

"꿀걱."

누군가 군침을 삼키는 소리가 유난히 크게 들렸다.

제갈령은 설마하는 표정으로 물었다.

"그 말은 무후와 하후금님 두 분이서 담대소를 죽였다는 말인가요?"

"물론 저희 둘만으로는 역부족이었죠. 혈강시도 둘이나 나타났으니 말이죠. 그리고 담대소의 무공은 정말 무서웠죠."

"그럼?"

"저와 외조부님 외에 도종 귀원님과 마종 여불휘님이 도와주셨습니다. 우린 넷이 협공을 해서야 그를 죽일 수 있었어요. 그나마도 두 명의 혈강시를 먼저 처리하고 서로 합세하지 못했다면 오히려 우리가 죽을 뻔했죠. 우리에 관한 정보를 흘린 자도 그곳에 담대소가 나타나리란 생각은 하지 못했던 것 같더군요. 물론 내가 아무도 모르게 세 명의 절대고수를 대동한 사실도 몰랐을 것이고요."

십이대초인 중 네 명이 나섰다고 한다.

그렇다면 담대소가 아니라 누군들 죽이지 못하겠는가?

모두들 이해한 표정들이었고, 최강의 적 중 한 명이 죽었다는 사실에 상기된 표정들이었다.

제갈령은 민망한 표정으로 말했다.

"그 일은 참으로 유감입니다. 그렇다면 담대소는 그의 무공으로 보아 전륜살가림의 삼존 중 한 명이겠군요."

"그럴 것입니다. 삼존 중 한 명은 전륜살가림의 림주일 테고, 또 한 명은 백후궁의 궁주일 가능성이 구 할 이상이라 생각합니다. 그리고 사령혈교는 그 조직 자체가 전륜살가림의 일부였던 것 같습니다. 그러니까 담대소는 죽었어도 혈교의 고수들은 고스란히 남아서 전륜살가림에 흡수되었다고 할 수 있습니다."

모두들 마른침을 꿀꺽 삼켰다.

사마의 고수들이 구름처럼 모여 있는 혈교였다.

비록 담대소가 없다 해도 그들은 여전히 강하고 무서운 집단이라 할 수 있었다.

"그런데……."

백리소소가 갑자기 말을 끊은 후 제갈령을 바라보았다.

제갈령의 눈과 백리소소의 시선이 허공에서 충돌하며 보이지 않는 불꽃을 튕기고 있었다.

"군사에게 묻고 싶은 것이 있습니다."

"물어보세요."

"무림맹의 누군가가 전륜살가림의 힘을 이용해서 나를 죽이려 했다면 그것은 어떤 죄에 해당되죠?"

백리소소의 물음에 제갈령과 제갈천문은 가슴이 서늘해지는 것을 느꼈다. 왜 갑자기 그런 것을 묻는 것일까? 하는 생각이 들었다. 지은 죄가 있으니 꺼림칙하다. 그러나 제갈령의 표정엔 변화가 없었다.

"당연히 무림맹의 규칙에 의거 즉결 처형입니다."

"그렇군요."

"그래서 이전에 무후의 행적을 전륜살가림에 알린 첩자들을 처형한 것입니다. 지금처럼 강적과 대치하고 있는 상황에선 그런 엄격한 규율이 필요한 법입니다."

"그런데 당시에 밝혀진 적의 첩자가 군사의 시녀와 소림의 제자라고 들었습니다."

제갈령은 씁쓸한 표정으로 고개를 끄덕였다.

원화 대사 역시 조용히 염불을 외었다.

"그런데 군사 정도의 지낭이 자신의 시녀가 첩자인 줄 몰랐다니, 전 이해가 잘 되지 않습니다."

제갈령이 고개를 들었다.

지켜보던 무림의 명숙들은 자신도 모르게 다시 긴장을 한다.

지금 백리소소가 하는 말이 무슨 뜻인지 모를 사람은 아무도 없었다. 둘 사이에 본격적인 암투가 벌어지는 것 같았다.

상황이 이상하게 돌아가자 송학 도장이 얼른 두 사람 사이에 끼어들었다.

"무량수불. 당시 군사의 시녀는 무혼영시대법(無魂靈時大法)에 걸려 있었습니다."

취의청 내에 있는 모두의 표정이 딱딱하게 굳어졌다.

청성의 현원 도장은 믿을 수 없다는 표정으로 말했다.

"무량수불. 지금 맹주께서 말씀하시는 무혼영시대법이란 것이 혹시 이백 년 전 사혼명교(死魂明敎)의 그것을 말씀하시는 것입니까?"

"그렇습니다."

"허허, 그런 악마의 대법이 다시 나타나다니. 대체 세상이 어찌 돌아가는 것인지……."

현원 도장은 생각하기도 싫다는 표정으로 고개를 흔들었다. 이때 지금까지 듣고만 있던 황보세가의 황보숭이 송학 도장을 보면서 물었다.

"제가 지금까지 사혼명교에 대한 이야기는 수없이 들었고, 간혹 무혼영시대법에 대해서도 듣긴 했지만, 그 대법이 어떤 것인지는 잘 모르고 있습니다. 이 기회를 빌어 조금 자세히 알려주셨으면 합니다."

모르는 것을 모른다고 말하는 것도 큰 용기였다.

그런 면에서 황보세가의 황보숭은 사내다운 면이 있다고 할 수 있었다.

황보숭은 가주의 둘째 동생이었다. 그러나 무공은 가주와 겨루어도 손색이 없다고 정평이 나 있었다.

"무량수불. 그거라면 저보다도 군사가 설명하는 것이 나을 것입니다."

제갈령은 잠시 심호흡을 하는 듯하더니 침착하게 말했다.

"무혼영시대법의 자세한 묘용을 자세히 아는 사람은 별로 많지 않습니다. 단지 알려진 것 중 하나가 이 대법에 걸린 사람은 자신이 대법에 걸린 것조차 모른다는 사실입니다. 그리고 시전자가 어떤 명령을 내렸을 때 대법에 걸린 사람은 자신도 모르게 그 시전자의 의도대로 움직인다는 것입니다. 그래서 저도, 그리고 대법에 걸린 제 시녀도 전혀 모르고 있었던 것입니다. 하지만 무후님이 암습을 당한 일엔 저 역시 책임이 없지는 않습니다. 아무리 어려서부터 친자매처럼 함께 자랐고, 저의 일을 가장 가까이서 도와준 사이라 해도 시녀가 무후님의 행방을 알게 해서는 안 되는 것이었습니다. 아는 사람이 단 한 명이라도 적어야 지켜지는 것이 비밀인 것을 알면서도 지키지 못했습니다. 다시 한 번 사과드립니다……."

제갈령은 말끝을 흐린다.

어쩔 수 없이 죄목을 물어 처형하였지만 친동생 같았던 시녀를 죽인 것이 가슴에 맺혀 있는 것 같았다. 사실 죽은 시녀는 피해자라 할 수 있었다. 대법에 걸린 그녀가 자신의 의지로 한 짓이 아니기 때문이었다.

원래 송학 도장이나 원화 대사는 그녀가 무혼영시대법에 걸렸다는 사실을 안 후 살려주려 했다. 그러나 제갈령은 단호하게 그것을 거부하였다.

이런저런 이유로 법규를 어긴다면 누가 무림맹의 법규를 지키려 하겠는가? 법을 만들고 사행하는 군사의 입장에서 허락할 수 없다는 것이다.

결국 시녀는 처형되었고, 제갈령은 죽은 시녀의 옆에서 이틀간 식음을 전폐하고 울었다. 결국 보다 못한 송학 도장이 그녀의 혈을 짚은 후 요양하게 한 일은 한동안 무림맹의 화제 중 하나였다.

감정이 격해지는 제갈령을 바라보던 백리소소가 물었다.

"그런데 제갈세가의 시녀에게 무혼영시대법을 펼친 것은 누구인가요?"

제갈령의 얼굴이 조금 사나워졌다.

누구나 다 알고 있는 사실을 지금 또 물어본다는 것은 명백하게 자신의 아픈 곳을 찌르려 한다고 생각한 것이다. 무림맹의 고수들 중 일부가 노골적으로 얼굴을 찌푸렸다.

"그것은……."

"지금 그때 함께 처형된 금강무적권 고명이 한 짓이라고 할 참인가요?"

제갈령은 백리소소를 바라보았다.

모두들 백리소소를 바라본다.

그녀의 말이 심상치 않았던 것이다.

"지금 무후님은 무슨 말을 하고 싶은 것입니까?"

"물론 그 일을 따지는 중이지요."

"그 일은 이미……."

"무림맹에선 끝났는지 모르지만 난 아직 끝나지 않았습니다."

두 여자의 사이에 불꽃이 튀자 무림맹의 고수들은 모두 난처한 표정들이었지만, 관표는 여전히 태연한 모습이었다. 마치 자신과는 전혀 상관이 없는 일인 것처럼.

상황이 이상하게 변해가자 원화 대사는 더 이상 침묵할 수 없다는 생각에 백리소소를 보면서 말했다.

"아미타불. 무후께서 당시의 일로 군사에게 책임을 물으려 하신다면 이 늙은이 또한 책임을 면할 수 없습니다. 그리고 고명이 처형당할 당시 자신이 한 짓임을 자백하였습니다."

백리소소가 원화 대사 쪽으로 시선을 돌렸다.

"만약 고명마저 무혼영시대법에 당한 상태라면 어쩌시겠습니까?"

원화 대사의 얼굴이 굳어졌다.

마치 거대한 망치로 머리를 강타당한 느낌이었다.

끼어들려 했던 무림맹의 고수들이 주춤거린다.

제갈령과 제갈천문의 표정이 순간적으로 굳어졌다가 펴졌다.

"그런 일이……."

"있을 수 있습니다. 누군가 고명이란 분에게 무혼영시대법을 펼쳐 스스로 자백하게 만들었다면 어쩌실 것입니까?"

"아미타불. 무후께선 대체 무슨 말씀을 하시고자 하는 것입니까?"

"제 낭군에게는 세 명의 남동생과 두 명의 여동생이 있습니다. 그런데 세 분의 도련님 중 한 분이 오랫동안 객지 생활을 하다가 천문으로 돌아왔죠."

갑작스럽게 관표의 동생 이야기가 나오자 모두들 어리둥절한 표정으로 백리소소를 바라본다.

"문제는, 도련님이 객지 생활을 하면서 지낸 곳이 바로 요지문이란 사실입니다."

모두들 새롭게 안 사실에 놀란 듯 그녀를 바라보았다.

요지문이란 말이 나오자 제갈령과 제갈천문은 속으로 약간의 충격을 받았다. 그러나 애써 표정을 관리하였다.

단지 요지문의 제자였을 뿐이다.

백리소소는 잠시 호흡을 멈추었다가 다시 이야기를 이어나갔다.

"요지문에서 도련님은 상문검이라고 불리었습니다."

"오오."

몇몇 무림명숙들은 자신도 모르게 감탄사를 터뜨렸다.

그들도 요지문의 상문검을 모두 알고 있었던 것이다.

"뿐만 아니라 이번에 도련님과 혼약한 여자 분은 요지문주가 가장 아끼던 제자였지요. 원래 두 분은 모두 만성독약에 중독되어 요지문에서 벗어날 수 없는 상황이었지만, 다행히도 사부님의 도움으로 근래엔 완전히 독약의 속박에서 벗어날 수 있었습니다."

그 말을 들은 많은 사람이 치하의 말을 건넬 때 제갈령은 입 안이 마르는 것을 느꼈다.

불길한 예감이 그녀를 흔들리게 했다. 그러나 그녀는 곧 마음을 다스릴 수 있었다.

'아무리 그래도 제갈가에서 한 일을 알 순 없다.'

그만큼 완벽하다고 자신할 수 있었던 것이다.

백리소소는 아직도 태연한 제갈령을 보았다가 제갈천문을 보면서 말했다.

"그런데 제가 구인촌으로 떠나기 전 오지문에 하나의 청부가 들어왔다고 합니다. 그가 청부한 것은 바로 저였구요."

취의청이 조용해졌다.

송학 도장과 원화 대사는 몹시 곤혹스런 표정이었다.

설마 그런 일이 있었을 줄은 상상도 하지 못했던 일이다.

"나는……."

백리소소의 목소리가 갑자기 차가워졌다.

"나를 죽이려 한 자를 용서할 만큼 너그럽지도 않고, 내 남자를 넘보는 여자 또한 용서하지 못한다. 더군다나 나를 죽이고 내 남자를 차지하려는 계집을 그냥 둘 정도로 너그럽지 않다. 제갈령, 너도 그것은 이해할 것이다."

제갈령의 눈매가 파르르 떨렸다. 그러나 그녀는 침착하게 말했다.

"지금 나한테 하고자 하는 말이 무엇인가요? 설마 지금 그 청부자가 나라고 말하는 것인가요?"

"너를 포함한 제갈세가를 지명하고 하는 말이다."

백리소소의 말은 벽력탄이나 마찬가지였다.

모두들 당황해서 백리소소와 제갈령, 그리고 제갈천문을 바라볼 때 제갈천문이 자리에서 일어섰다. 그는 몹시 화가 난 표정이었다.

"제아무리 무후라고 하지만 정말 너무하는군요. 지금 한 말에 대해서 무후는 반드시 책임을 져야 할 것이오. 당장 그렇게 말한 근거를 말하시오."

제갈천문의 호통에 백리소소는 차분하게 대답하였다.

"물론이죠. 그러니 너무 당황하지 말고 잠시만 기다리세요."

"물론 기다리겠소. 하지만 제대로 근거를 대지 못한다면 우리 제갈세가는 이 일을 결코 그냥 간과하지 않을 것이오."

"그렇게 하세요."

냉정하게 대답한 백리소소는 취의청 안에 걸려 있는 신호용 줄을 잡아당겼다.

취의청의 문이 열리면서 한 명의 청년과 아름다운 여자가 끈으로 꽁꽁 묶인 한 명의 중년인을 데리고 들어왔다.

그 중년 남자를 본 제갈령과 제갈천문의 안색이 굳어졌다.

백리소소가 제갈령을 보면서 물었다.

"군사는 이자가 누구인지 알겠죠?"

제갈령의 얼굴이 가볍게 찌푸려졌다.

"대체 그 사람은 누구죠. 저는 모르는 사람입니다."

"그런가요. 그런데 이상하군요. 이 사람은 제갈 가문의 사람을 잘 안다고 하니 말이죠. 그리고 이자가 바로 나를 청부한 장본인입니다."

좌중이 조용해졌다.

상황은 그들이 전혀 예측하지 못한 곳으로 흘러갔고, 누가 끼어들여지도 없어졌다.

이미 누구든 물러서는 순간 굉장히 큰 타격을 입게 되었다.

한 치의 양보도 할 수 없는 상황으로 일은 전개되고 있었던 것이다. 원화 대사의 표정도 딱딱하게 굳어져 있었다.

잘못하면 자신은 죄도 없는 제자 한 명을 죽였을지도 모르는 상황으로 몰리는 것이다.

第四章

영시대법(靈時大法)
―보이지 않는 전쟁

제갈천문이 자리에서 일어섰다.

모두 그를 바라본다.

"내가 확인해 보겠소."

백리소소는 담담하게 고개를 끄덕였다.

제갈천문은 잡혀서 들어온 자에게 다가섰다.

그는 상대를 잠시 살펴본 다음 고개를 끄덕이며 말했다.

"청부를 한 자인지 아닌지는 모르겠지만, 이자는 내가 아는 자요."

"그가 누구인가요?"

"내가 알기로 이자는 사기 중 한 명인 환용(換容) 적비요. 하지만 이자를 왜 제갈세가와 연관 지어 말하는지 모르겠소."

환용 적비.

강호에서 가장 기이하고 신비로운 인물이라는 사기 중 한 명으로 그는 자신이 원하는 대로 얼굴을 바꾸거나 음성을 변조시킬 수 있는 기공을 익힌 자였다.

정사 중간의 인물로 무공 실력은 그다지 높지 않았지만, 그의 변화무쌍한 기공은 강호에서도 모르는 사람이 없을 정도로 유명했다.

백리소소는 관이와 함께 들어온 여자를 잠시 바라본 후 송학 도장에게 말했다.

"요지문에는 암실(暗室)이라는 곳이 있습니다. 암실은 청부자가 청부를 넣는 곳 바로 옆쪽에 만들어져 있죠. 물론 아무도 눈치 채지 못하도록 은밀하게 만들어져 있고, 그 암실에 있는 사람은 청부자의 특징이나 진실성 유무를 가려냄과 동시에 그를 감시하는 역할을 합니다. 당시 이자가 청부할 때 그 암실에 있던 장본인이 바로 관 도련님의 연인인 소보 낭자였죠. 물론 소보 낭자는 당시에 관 도련님에게 나에 대한 이야기를 들어서 알고 있었구요. 그렇게 돼서 소보 낭자의 말을 들은 도련님이 이자의 뒤를 미행한 것입니다. 그런데 놀랍게도 이자가 후에 만난 사람이 제갈세가의 제검영 제갈군이라는 사실입니다."

제갈천문의 안색이 창백해졌다.

제갈령 역시 당황했지만 애써 침착한 표정으로 백리소소를 쏘아보며 말했다.

"지금 저자가 제갈군 숙부님을 만난 것을 어떻게 증명한다는 거죠? 혹시 잘못 보았을 수도 있고 아직 숙부님의 이야기도 들어보지 못했는데, 지금 너무 일방적인 거 아닌가요?"

"당시 도련님은 제검영을 이길 자신이 없어서 지켜만 보았고, 끝까지 무공이 약한 금비의 뒤만 쫓아서 근거지를 알아놓았죠. 후에 천문의 고수들은 이자를 감시하고 있었습니다. 그런데 이자를 감시하고 난 후 이틀 후에 한 마리의 전서구가 날아왔습니다. 천문에선 그 전서구를 미리 압수하고 이자를 잡아왔습니다."

백리소소는 소매에서 종이 하나를 꺼내 들었다.

"이것이 바로 그것입니다."

백리소소는 그것을 송학 도장에게 건네주었다.

제갈천문과 제갈령의 안색이 창백해졌다.

전서엔 암호문으로 써졌기에 읽을 순 없지만, 글체가 제검영의 글씨체임은 알 수 있었다. 무림맹에서 가장 많은 문서를 취급하는 곳이 바로 제갈세가이고, 또한 제갈세가에서 만든 문서는 항상 맹주인 송학 도장이 확인하거나 직인을 찍는다.

그래서 제검영 제갈군의 필체는 정확하게 기억하고 있었다.

일반적으로 제갈세가의 사람들은 누구나 학식이 깊어서 각자 글씨체도 독특하고 뛰어난 편이었기에 금방 알아볼 수 있었다.

송학 도장은 망연한 얼굴로 제갈천문을 보면서 문서를 원화 대사에게 넘겨주었다. 무림맹의 고수들은 굳은 표정으로 제갈천문과 제갈령, 그리고 쪽지를 주고받는 송학 도장과 원화 대사를 바라보고 있었다. 모두 설마하는 시선들이었다.

특히 제갈천문과 가장 친한 사람 중 한 명인 황보세가의 벽력권 황보선은 몹시 당황한 표정을 숨기지 못하고 있었다.

이 정도 상황이면 친구를 위해 함부로 변명도 할 수 없었던 것이다. 지금 할 수 있는 일은 지켜보는 것이 최선이었다.

죄가 없다면 밝혀질 것이고 아니면 그때 상황을 봐야 한다.

제갈천문은 우선 자신이 침착해야 한다는 것을 느꼈다.

자칫하면 오백 년 제갈세가의 영화가 오늘 이 자리에서 사라질 수도 있는 상황이었다.

제갈령 역시 제갈천문과 무언의 눈빛을 주고받은 후 마음을 독하게 먹었다.

무슨 일이 있어도 지금 상황을 인정해서는 안 된다.

제갈령은 몹시 황당하다는 표정으로 백리소소를 보면서 말했다.

"상황은 알겠습니다. 그러나 난 아직 제검영 제갈군 숙부님의 말도 들어보지 못했고, 전서의 내용도 보지 못했습니다."

백리소소는 차가운 표정을 지었고, 송학 도장은 잠시 염불을 왼 다음 제갈령을 보면서 말했다.

"우선 적비의 말을 들어봐야 하지 않겠습니까?"

제갈령은 가볍게 코웃음을 쳤다.

"만약 저에게 누명을 씌우려 한다면 이미 저자는 회유되어 있을 것입니다. 그보다는 군 숙부님의 말을 들어보는 것이 빠를 것 같습니다. 서로 대질시켜 보면 쉬울 것입니다. 그리고 제가 그 서신을 봐야겠습니다."

송학 도장이 백리소소를 바라보자 백리소소가 고개를 끄덕이며 말했다.

"어차피 그 서신은 복사되어 있고 내용은 저도 알고 있습니다."

제갈령과 제갈천문이 믿을 수 없다는 표정으로 백리소소를 바라보았다. 지금까지 제갈세가의 암호문을 푼 사람은 아무도 없었던 것이다.

"이 글을 보는 순간 서신은 태우고 자살할 것. 간단하더군요."

백리소소의 말에 모두 놀란 듯 제갈령을 바라보았다.

제갈령은 서신을 펼쳐 보았다.

한 치의 오차도 없이 무후가 말한 그대로였다.

제갈천문은 앞이 캄캄해지는 것을 느꼈다.

점점 빠져나갈 수 없는 수렁 속으로 밀려들어 가는 상황이 된 것이다. 그러나 제갈령은 표정의 변화가 전혀 없었다.

"상대를 함정에 빠지게 하려면 무슨 짓이든 할 수 있겠죠. 서체를 흉내 내는 것도 그리 어려운 일은 아니고, 암호문을 알고 있다니 더욱 쉽게 문서를 만들거나 바꿔치기 할 수 있겠군요. 그리고 대체 이 쪽지의 내용이 무슨 의미를 가진 것이죠? 서신을 불태우고 자살을 하라니요. 무슨 아이 장난도 아니고……."

제갈령의 말에 무림맹의 고수들은 다시 한 번 혼란스러워지는 것을 느꼈다. 그녀의 말에도 언뜻 일리가 있었던 것이다. 그리고 정파의 핵심이라 할 수 있는 제갈세가가 이런 일을 꾸몄다는 것 자체를 인정하기가 쉽지 않았다.

그러나 그들은 이미 제갈령이 이 일을 꾸몄을 것이고 왜 이런 일이 벌어졌는지도 어느 정도 짐작할 수 있었다. 사실상 결론은 두 여자의 대화 속에서 거의 다 나왔다고 볼 수 있었던 것이다.

천문의 무후나 투왕이 뭐가 아쉬워서 제갈세가를 이런 음모 속으로 몰아넣겠는가. 그러나 그들 입장에서 보자면 제갈세가는 정파의 핵심 세력 중 하나이고 어찌 보면 자신들과 같은 선상에 있는 세가였다.

제갈세가의 치부를 인정하는 것은 자신들 스스로 누워서 침 뱉기라는 기분이 들었기에 어떻게든 제갈령이 이 상황을 이겨내길 내심 기원하고 있었다.

그렇지 않아도 여러 가지 일로 정통 정파의 구심점이라고 자부심을 가지고 있던 구파일방, 오대세가의 위신이 많이 깎여 나간 상황이었다.

그 마음을 백리소소나 제갈령 또한 잘 알고 있었다. 그래서 제갈령은 그들의 그런 심리를 이용할 생각도 하고 있는 중이었다.

백리소소는 슬쩍 무림맹 고수들의 표정을 살피고 가볍게 한숨을 쉬었다.

'몇몇을 빼고는 아직도 아집에서 헤어나질 못하고 있구나.'

내심 현 무림의 일면을 직시하면서 백리소소는 제갈령을 쏘아보았다. 그녀의 몸에서 은은한 살기가 감돌았고, 제갈령은 그 기세에 몸을 부르르 떨었다.

제갈천문은 자신도 모르게 허리에 꽂힌 단검을 잡으려 하다가 멈추었다. 관표의 몸에서 뿜어진 한줄기의 기세가 그의 몸을 묶어놓은 때문이다.

백리소소는 정말 화가 났다.

죽을죄를 지었는데도 같은 편이라고 무조건 감싸려고만 드는 그들의 위선이 더없이 한심하게 생각되었다.

"네년은 정말 자신의 잘못을 인정하지 않는구나. 너를 보니 지금 무림을 대표하는 무인들의 정신 상태를 알 만하구나."

차갑게 뱉어낸 한마디에 송학 도장이나 원화 대사는 가볍게 고개를 숙이고 말았다.

그녀가 한 말에 뼈가 있다는 것을 눈치 챈 것이다.

제갈령은 이를 악물고 대꾸하였다.

끝까지 기죽지 않으려는 그녀의 의지는 정말 찬탄할 만하였다.

"말을 함부로 하지 마라. 네가 아무리 무후라 해도……."

"너 따위완 더 이상 말하기 싫다. 남자에 눈이 멀어 친자매 같다던 시녀를 죄없이 죽일 정도의 잔인한 계집이라면 전륜살가림과 다를 것이 뭔가?"

"나는 그런 적 없다!"

백리소소는 들은 척도 안 하고 원화 대사를 바라보며 말했다.

"대사님, 서신의 글씨가 일단 제갈군의 것과 같다는 것은 인정하시지요?"

"무량수불, 분명히 같은 글씨체인 것 같습니다. 하지만 서신의 내용이 무슨 뜻인지 알 수 없어 참으로 난감합니다. 자살하라고 썼다면 누가 단순히 서신으로 자살하란다고 자살을 하겠습니까? 더군다나 적비 정도의 인물이 말입니다."

"무혼영시대법입니다."

모두 놀라서 그녀를 바라본다.

"이 서신은 무혼영시대법을 펼쳐 놓은 사람에게 명령을 내린 것입니다. 환용 적비는 이 서신을 보는 순간 서신을 태우고 자살을 할 것입니다."

모두들 아연실색한 표정으로 백리소소를 바라보았다.

제갈천문과 제갈령의 안색은 더욱 창백해졌다.

"거짓말! 말도 안 되는 소리 하지 마라! 설혹 저자가 무혼영시대법에 걸려 있다고 해도, 그것을 우리 가문에서 펼쳤다는 증거가 어디 있는가? 혹시 네년이 제갈세가를 음해하기 위해 무혼영시대법을 펼친 것이 아니냐?"

"내가 무혼영시대법을 펼칠 수 있다면, 내 스스로 너의 시녀를 시켜서 내가 죽을지도 모르는 짓을 했단 말이냐? 내가 왜 그래야 되지? 넌 혹시 내가 담대소를 잡아 명예를 차지하기 위해 역으로 그를 그리로 끌어들이기 위해 네 시녀를 이용했다고 말하고 싶은 것이냐?"

제갈령과 제갈천문은 갑자기 말문이 막히고 말았다. 사실 그렇게 말하려고 했던 것이다.

백리소소는 두 부녀를 차가운 시선으로 바라보며 말을 이었다.

"그리고 내가 네 가문의 시녀를 만날 시간이나 여유가 있었겠느냐? 매일 너랑 함께 자는 그 시녀를 말이다."

"너는 무후다. 네 실력이면 무림맹에 머무를 때 무슨 짓이든지 할 수 있다."

백리소소는 피식 웃으면서 원화 대사를 바라보고 말했다.

"혹시 대사님은 무혼영시대법을 익힌 자에겐 한 가지 숨길 수 없는 표식이 있다는 것을 알고 계십니까?"

"아미타불, 아주 오래전에 들은 기억이 있습니다. 무혼영시대법을 펼칠 때 여자면 가슴 아래 붉은 반점이 생기고 남자라면 단전 근처에 붉은 반점이 생긴다고 했습니다."

원화 대사의 말에 백리소소가 고개를 끄덕였다.

"맞습니다. 그리고 명령을 받은 자가 명령을 시행할 때도 서로 감응이 되면서 붉은 반점이 생깁니다. 그것도 알고 계신가요?"

원화 대사가 고개를 끄덕이며 말했다.

"그 이야기도 들은 기억이 납니다."

"오늘 그것이 사실이라는 것을 아시게 될 것입니다."

취의청 안은 숨소리 하나 들리지 않고 있었다.

원화 대사는 조금 떨리는 목소리로 말했다.

"지금 무후께서는……?"

백리소소는 제갈령과 제갈천문을 보면서 말했다.

"데려와라!"

백리소소의 명령이 떨어지자 밖에서 청룡단의 장칠고와 그의 수하두 명이 제갈군을 끌고 들어왔다. 완전히 혈이 짚인 제갈군은 이를 악물고 있었다.

"군아!"

"숙부님! 백리소소, 이게 뭐 하는 짓이냐?"

"바로 여기 있는 제갈가의 세 사람이 무혼영시대법을 익히고 있는 장본인들입니다."

이젠 놀라는 것도 지친 듯 모두 무표정한 얼굴로 제갈령과 제갈천문, 그리고 잡혀 들어온 제갈군을 바라보았다. 백리소소의 말대로라면 이들의 죄를 증명할 수 있는 방법이 생긴 것이다.

제갈천문은 기가 막히다는 표정으로 백리소소를 노려보며 말했다.

"그게 무슨 말이오. 나는 그런 무공을 익힌 적이 없소! 내 딸 역시 그런 무서운 무공을 익힐 이유가 없소이다. 대체 무후는 무엇을 얻고자 이런 일을 꾸민 것이오. 혹시 내 딸의 지혜가 너무 뛰어나 질투를 하는 것이라면 이쯤에서 끝내는 것이 좋을 것이오. 지금 당장 군아를 풀어주시오!"

그 말을 들은 관표가 냉정한 표정으로 말했다.

"말은 네 맘대로 해도 좋지만, 다시 한 번 내 아내의 명예에 누가 되는 말을 한다면 나도 더 이상 참지 않겠다."

별로 크지 않은 말이었지만 제갈천문은 그의 말이 진심이라는 것을 느낄 수 있었다. 제갈령은 그 말을 듣고 몸을 부르르 떨었다.

지금 상황도 어려웠지만 관표가 한 말이 그녀를 더욱 힘들게 만들었던 것이다.

더없이 처량해지는 기분이었다.

갑자기 맥이 빠진다.

백리소소는 관표의 말이 싫지 않은 듯 달콤한 표정으로 관표를 보면서 말했다.

"가가, 잠시 참으세요."

그녀가 다시 돌아섰을 때였다.

"아무리 그래도 무후가 이따위 거짓 서신 하나로 우리 제갈세가를 능멸하는 것은 있을 수 없는 일이오! 나는 참을 수 없소!"

제갈천문은 말을 하면서 송학 도장에게서 받은 서신을 삼매진화로 태워 버렸다.

모두 놀라서 그를 바라본다.

그러고 보니 그 서신이 제갈천문에게 있었다는 사실을 이제야 인지한다. 이제 조금 전 백리소소가 말한 방법으로 제갈세가의 죄를 증명할 수 있는 증거가 사라진 것이다.

백리소소는 태연하게 제갈천문을 바라보며 말했다.

"멋지군요, 그걸 태워 버리다니. 그런데 무혼영시대법이 원래 아수라궁의 무공이었다는 것은 알고 있나요?"

"알고 있다. 하지만 우리 제갈세가와는 전혀 관련이 없는 일이다."

"그렇다면 역무혼영시대법에 대해선 알고 있군요?"

제갈천문이 모르겠다는 표정으로 자신을 쳐다보자 백리소소가 웃으면서 말했다.

"아수라궁에서도 무혼영시대법은 금지된 무공이었습니다. 그래도 호기심을 가진 제자들은 그 무공을 몰래 익히곤 하였지요. 상대를 마음대로 조종한다는 것은 떨치기 힘든 유혹이죠. 그래서 당시 아수라궁의 궁주는 역무혼영시대법을 만들어냈습니다. 이것은 바로 이런 용도가 있죠."

백리소소의 신형이 무서울 정도로 빠르게 움직이더니 어느새 제갈천문의 혈을 점하고 있었다.

이어서 그녀는 단숨에 그가 입은 웃옷을 뜯어냈다.

모두 놀라서 바라보고 있는 사이 제갈천문의 단전 근처에 붉은 반점이 떠오르고 있었다.

모두 멍한 표정으로 그 붉은 반점을 바라보았다.

"역무혼영시대법으로 제압된 사람이 무혼영시대법을 익혔다면 자신도 모르게 그 대법을 펼치게 되는 것이죠. 그리고 이렇게 그 표시가 나타나고요."

백리소소의 말에 제갈령은 안색이 창백해진 채 몸을 휘청거렸다.

더 이상 빠져나갈 방법이 없었다.

제갈령은 빠른 동작으로 품 안에서 비수를 뽑아 자신의 심장을 찌르려 하였다. 그러나 이미 예상이라도 한 듯 백리소소가 그녀의 손을 낚아챘다.

"그렇게 쉽게 죽으면 안 되지."

손을 낚아챈 백리소소는 주먹으로 그녀의 얼굴을 강타해 버렸다. 물론 다른 한 손으로는 그녀의 먹살을 잡았다.

빠각!

하는 둔탁한 소리와 함께 그녀의 고개가 뒤로 젖혀졌다가 천천히 제자리로 돌아왔다.

코뼈가 뭉개진 그녀의 눈동자는 이미 초점이 흐려져 있었다.

"호호. 그래, 죽여라. 네년이 신녀였음을 미리 알았으면 이런 실수를 하지 않았을 텐데……. 그리고 지금 네년의 자리에 내가 앉아 있을 텐데.”

제갈령의 실성한 듯한 말에 제갈천문의 안색이 파랗게 질려 버리고 말았다.

원화 대사와 송학 도장은 착잡한 표정으로 제갈령을 바라보고 있었다. 이젠 더 이상 변명의 여지가 없었다.

특히 원화 대사의 경우 죄없이 죽어간 소림의 속가 장문인인 고명을 생각하자 콧날이 시큰해졌다.

“아미타불. 이를 어쩔꼬, 이를 어쩔꼬. 참으로 내 죄가 크도다. 허허, 죄없는 영혼이 어찌 눈을 감을꼬.”

“대사님의 죄가 아닙니다. 너무 자책하지 마세요.”

원화 대사는 염불을 외면서 고개를 흔들 뿐 대답하지 않았다. 그러나 백리소소는 노승의 눈에 물기가 어리는 것을 놓치지 않았다. 괜히 죄지은 사람처럼 무안해진 백리소소는 제갈령에게 고개를 돌리고 말했다.

“이제 네 죄를 인정한 셈이군. 아주 잘했다.”

백리소소는 그녀의 머리채를 잡아 확 잡아당기며 자신의 이마로 그녀의 이마를 받아버렸다. 그녀의 장기인 철두공이 오랜만에 제 역할을 찾은 것이다.

퍽!

하는 소리가 들리면서 제갈령의 눈동자가 돌아가 버렸다.

소리만 들어도 제갈령의 이마가 완전히 박살 났다는 것을 알 수 있었다. 그녀의 무서운 철두공에 모두들 몸을 부르르 떤다.

무슨 일이 있어도 저 여자랑 적이 되면 안 된다는 것을 그들은 몸소 체험하고 있는 중이었다.

남들이 그러거나 말거나 전혀 신경 쓰지 않는 백리소소는 완전히 기절해 쓰러진 제갈령을 문밖으로 집어 던지며 말했다.

"지금 던진 쓰레기하고 제갈가주를 잘 모셔라. 그 죄는 나중에 묻겠다."

명령을 내린 다음 그녀는 허리를 숙이며 조용한 어조로 말했다.

"괜한 일로 분위기를 어수선하게 만들어서 여러 선배님들께 정말 죄송합니다."

그녀가 사근사근하게 말하자 갑자기 취의청의 공기가 맑아지는 느낌이었다. 그리고 서 있던 무림의 고수들이 자신도 모르게 제자리에 앉았다. 마치 아무 일도 없었던 것처럼. 그리고 나서야 모두 얼떨떨한 표정으로 그녀를 바라보았다.

송학 도장은 감탄하지 않을 수 없었다.

'참으로 대단하구나. 무서운 결단력과 추진력이다. 그리고 거기에 더해서 천하무쌍의 지혜와 무공을 지녔으니 뉘라서 그녀를 이길 텐가? 앞으로 강호무림은 천문에 의해서 결정나겠구나.'

그런 인재가 무당에 나타나지 않은 것이 못내 아쉬울 뿐이었다.

백리소소는 제갈천문이 밖으로 끌려 나간 후 송학 도장과 원화 대사를 보면서 말했다.

"우선 불미스런 사건에 대해서 다시 한 번 죄송스런 마음입니다. 하지만 이제 곧 전륜살가림과 맞서 싸워야 하는데 내부를 정리하지 않으면 싸우는 중간에 우리끼리 자중지란을 일으킬 것 같아서 지금 일을 터뜨려 마무리하였습니다. 제가 관대하게 용서할 수도 있었지만, 제갈령은 끝까지 해볼 생각인 것 같았습니다. 그리고 죄없는 무림맹의 수하를 해쳤습니다. 용서할 수 없는 일이었습니다. 하지만 내 개인 감정상 조금 과하게 처리한 부분이 있는 것 같습니다. 그 부분에 대해서 여러 선배님들께 다시 한 번 사과를 드립니다. 이후 저들을 무림맹에서 어떻게 처리하든 저를 비롯한 천문은 관여하지 않겠습니다."

송학 도장은 착잡한 표정으로 말했다.

"어쩔 수 없는 일이지요. 참으로 상황이 미묘하게 되었습니다. 설마 이런 일이 일어날 줄은 몰랐습니다. 이는 무후의 잘못이 아닙니다. 그리고 저들의 처리를 무림맹에 넘겨준 점은 무림맹을 대표해서 맹주인 제가 감사드립니다."

송학 도장의 말대로 백리소소나 관표가 그들을 그 자리에서 죽인다고 해도 할 말이 없는 상황이었던 것이다.

앞으로 그들을 처형하든 안 하든 제갈세가는 무림에 얼굴을 내밀기 힘들어졌다. 그리고 형편상 그들을 그냥 묵과하고 지나갈 수도 없는 문제였다.

죄없는 무인과 시녀가 억울하게 죽은 것이다.

송학 도장은 내심 안도의 숨을 내쉬었다.

무림맹의 맹주로서 앞날을 내다본다면 지금 사건이 마무리된 것은 차라리 잘된 일이라 생각한 것이다. 더군다나 무림에서 가장 지혜로운 두 사람이 맹 내에서 암투를 벌인다면 자칫 큰일을 그르칠 수도 있었을 것이라 생각하니 더욱 위안이 되었던 것이다.

백리소소 또한 그것을 염려하였기에 미리 제갈령과의 일을 마무리 짓고 전륜살가림과의 전투에 임하려 했으리라.

송학 도장은 잠시 생각에 잠겼다가 말했다.

"오늘 회의는 이틀 뒤로 미루겠습니다. 일이 이렇게 된 이상 마무리 지을 건 확실하게 마무리 짓고, 이 기회에 무림맹도 완전히 개편한 후 다음 일을 진행하는 것이 옳을 것 같습니다. 그리고 맹주의 권한으로 무후 백리 낭자를 무림맹의 새로운 군사로 추천합니다."

놀랄 일도 아니었다.

현재 상황으로 보아 백리소소를 반대할 이유가 없었다. 그리고 어떻게 보면 송학 도장의 조치는 아주 적절한 면이 있었다. 칠종의 무인들이 새롭게 무림맹에 들어온다는데 그것도 처리를 해야 한다. 그리고 그들이 함께하는 대회전이라면 더욱 권위가 설 것이다.

그날의 회의는 그렇게 끝을 맺었다. 그러나 그것이 끝이 아니라 시작이란 것은 누구나 다 아는 일이었다.

第五章
천룡표국(天龍鏢局)
―장사란 신용이 생명이다

　천문에서 투왕과 무후의 결혼식은 수많은 화제를 만들어놓고 끝났다. 특히 제갈세가의 몰락과 도종과 마종의 출현, 그들과 투왕을 비롯한 호치백이 의형제를 맺은 일 등은 강호무림에 가장 큰 화젯거리였다.

　여기에 더해서 무후가 백리세가의 적통이고 무림에서 가장 아름다운 두 명의 여인 중 한 명인 신녀 백리소소란 사실은 무림에 큰 충격이었다.

　무림에서 가장 아름답고 재지가 뛰어나다는 두 여인이 사실은 한 명이란 사실에 강호는 환호하였다. 무와 지, 두 가지를 완벽하게 겸비한 무림의 재녀가 탄생한 것이다.

　그녀는 천문에서 당당하게 지로 제갈령을 눌러 자신이 천하제일지임을 입증하였기에 더욱 큰 환호를 받았다. 이제 천문은 강호무림의 오대천 중 수좌라는 말까지 공공연하게 떠돌기 시작했다.

비록 지금은 백호궁에 밀릴지 모르지만 앞으로 십 년 안에 백호궁을 누르고 천하제일문파가 되리라 예상하는 사람들이 대다수였다.

지금까지 어느 문파도 십이대초인 중 두 명이 소속된 곳은 없었다. 그리고 삼십 이전에 십이대초인에 오른 자도 투왕과 무후 이전엔 없었다. 그러나 그 화제 속에 결혼식 이후 각 상단의 단주들이 관표와 백리소소를 만났다는 사실은 별 이야깃거리가 되지 못하고 흩어졌다. 이는 백리소소가 뒤에서 조종한 면도 적지 않았으며, 상단의 단주들에게 입단속을 시켰기에 가능한 일이기도 했다.

이틀 후.

천문의 취의청에선 다시 한 번 무림대회전이 열리고 있었다.

그전에 제갈세가에 대한 적절한 조치가 이루어졌음은 물론이다.

무림맹은 제갈세가의 몰락 이후 군사에 백리소소를 앉힌 다음 그녀와 의논하여 무림맹을 새롭게 개편하였고, 그녀의 주제하에 다시 한 번 무림대회전이 열린 것이다.

달라진 것은 무림맹이 새롭게 개편되면서 완전히 질서가 잡혔다는 것이다. 개편된 무림맹의 맹주는 여전히 송학 도장이었다.

그 외에 무림맹은 다음과 같은 조직으로 개편되었다.

오대무상:도종 귀원, 마종 여불휘, 투괴 하후금, 투왕 관표, 의종 소혜령

무상의 지위는 맹주 바로 아래로, 이들은 전륜살가림의 고수들을 최우선적으로 상대한다.

장로원의 원주:원화 대사

원주의 지위는 무상과 동급이며, 장로원의 구성은 모두 전전대의 고수들로 구성한다. 인원은 수를 정하지 않고 일정한 자격이 된 모든 고수들로 정한다. 비록 일정한 자격이라고 했지만 장로원의 고수가 되려면 최소한 한 가문이나 문파의 수장 급 이상이 되어야 가능하다. 그리고 한 문파에 두 명 이상의 장로는 인정되지 않았다.

오대무상과 장로원의 고수들은 상황에 따라 각 부대의 지휘권을 가진다.

군사:백리소소

군사의 지위 또한 무상과 동급이며, 맹주를 보좌한다.

이상이 무림맹의 가장 핵심을 이루는 직위였다.

백리소소는 무림맹에 이 정도의 간단한 체계만 만들어놓고 그 다음은 상황에 따라 유기적이고 신축성있게 조직을 만들 수 있게 해놓았다.

즉, 어떤 상황이 발생하고 무인들을 파견할 때 이 파견대의 지휘권을 가지는 것은 장로원의 장로가 된다.

일반적으로 장로원의 장로들은 무공이 강한 사람과 군사적인 작전력이 뛰어난 사람이 한 조가 되어 이 파견대를 지휘하는 형식이었다. 그리고 파견대는 각 문파에서 차출할 수 있되 한 문파의 제자들은 하나의 조가 되어 그 문파의 최고 서열의 고수가 조장이 되는 형식이었다.

각 문파마다 특성이 강한 것을 고려하여 그 문파의 독자성을 인정한 방법이었다. 그러나 이 파견대에 오대무상이 포함되면 그 지휘권은 무상이 지니게끔 하였다. 그리고 무림맹의 최고 회의는 맹주와 군사, 그리고 오대무상과 장로원의 장로들로 지정하였다.

대회의가 아닌 다음엔 신속한 의사 결정을 위해서 이 정도도 많다고 생각하는 백리소소였다.

그 외에 무림맹에서는 제갈세가에 삼십 년 봉문이라는 엄벌을 내렸다. 사실상 제갈세가는 무림에서 퇴출당한 것이나 다름없었다. 그리고 죄를 물어 제갈천문과 제갈령, 그리고 제갈군은 무공이 전폐되었다.

만약 추후에 제갈세가에서 무혼영시대법을 익힌 자가 발생하면 제갈세가는 무림의 공적이 될 것이다.

천문의 취의청 안에는 무림맹 맹주인 송학 도장과 오대무상, 그리고 군사인 제갈소소와 장로원의 고수 열두 명이 모여 있었다.

"그럼 지금부터 전륜살가림을 상대하기 위한 무림대전을 시작하겠습니다."

맹주인 송학 도장이 회의 시작을 알리자 취의청 안이 고요해졌다.

"군사인 신녀께서 회의를 진행해 주십시오."

백리소소가 자리에서 일어선 다음 한쪽에 걸어놓은 강호의 지도 앞으로 걸어갔다.

"먼저 제가 조사한 것과 이전에 무림맹에서 지니고 있던 정보를 종합해서 내린 결론을 말씀드리겠습니다. 결론을 내린다면 현재 강호무림의 삼분의 일이 전륜살가림에 잠식당한 상황입니다. 이건 최소한으로 줄여서 말씀드리는 겁니다."

백리소소의 말이 떨어지기가 무섭게 취의청 안이 웅성거리기 시작했다. 하북팽가의 가주인 팽대현이 무거운 표정으로 물었다.

"그렇게 결론을 내린 것은 백호궁 때문입니까?"

"물론 그 영향은 크지만 꼭 그런 것만은 아닙니다."

"그렇다면 암중으로 전륜살가림의 영향하에 있는 무림의 문파가 그렇게 많단 말입니까?"

"꼭 그것만 가지고 따질 수 있는 일이 아닙니다. 팽 대협께 묻겠습니다. 현재 하북팽가의 수입이 어떤가요?"

백리소소의 물음에 팽대현의 얼굴이 굳어졌다.

"현재 팽가의 수입이 이전에 비해 크게 줄지 않았던가요?"

"그, 그걸 어떻게?"

팽대현은 놀라서 백리소소를 바라보았다.

그것은 팽가의 절대 비밀이었던 부분이다.

이상하게 수입이 줄어들어서 그렇지 않아도 전전긍긍하던 참이었다.

"그것이 비밀일 필요는 없습니다. 팽가뿐이 아니라 여기 모인 모든 문파들이 다 그럴 것입니다. 그렇지 않습니까?"

그제야 서로들 상대의 사정을 묻고 대답한다. 그리고 그들은 백리소소의 말은 틀림없다는 것을 알았다.

백리소소는 그들이 서로의 정보를 교환할 때까지 기다려 주었다가 조금씩 조용해지자 다시 말을 이었다.

"느끼셨겠지만 전륜살가림은 다른 식으로 강호무림을 좀먹어오고 있었던 것입니다. 현재 강북 삼대상단의 두 개와 강남 오대상단의 두 개가 전륜살가림의 것이고 강남 오대상단 중 한 개가 그들의 영향 아래 있는 것 같습니다. 또한 강남 오대상단 중 하나인 구가상단은 현재 무너지기 일보 직전인 것으로 드러났습니다."

모두들 경악한 표정으로 백리소소를 바라보고 있었다.

설마 상황이 이 정도로 악화되어 있을 줄은 생각하지 못했던 것이다.

"대강남북 십삼 성의 상권을 십으로 보았을 때 최하 칠 할 정도가 저들의 손에 넘어간 상황입니다. 조금 더 있으면 강호무림은 제대로 싸워보지도 못하고 파산할 것입니다. 그때 전륜의 고수들이 강호를 공격한다면 방법이 없습니다. 지금도 전륜살가림과 전면전을 한다면 경제적인 지원에서 그들과 상대가 되지 못하는 상황입니다. 여기가 우리의 터전인데도 불구하고 말입니다. 지금도 저들은 중원의 상권을 완전히 장악하기 위해 모든 방법을 동원하고 있습니다. 만약 그들과의 전쟁이 오래 지속된다면 경제력은 큰 힘을 발휘하여 우리는 절대적으로 불리하게 될 것입니다."

모두들 아연한 표정들이었다.

전륜살가림이 그 힘을 가지고도 전면전을 하지 않고 기다린 이유를 이제야 안 것이다.

중원무림은 보이지 않는 싸움에서 이미 궁지에 몰린 상황이었다.

전대의 군사인 제갈령도 이 사실을 알고 그들을 상대할 수 있는 방법을 찾고 있던 중이었다. 그러나 상황을 알았을 땐 이미 너무 늦은 다음이었고, 상업이란 것이 지혜만으로 감당할 수 있는 것이 아니었다. 돈과 조직 상업에 필요한 물자를 비롯해서 상당한 경험이 필요한 부분이었다. 짧은 시간에 어떻게 할 수 있는 부분이 아니었던 것이다.

송학 도장이 무거운 목소리로 물었다.

"무량수불, 군사께서는 현재 강북 삼대상단 중 두 개가 저들 소유라고 했는데, 설마 구룡상단도 저들의 소유란 말입니까?"

모두들 당혹스런 표정으로 백리소소를 바라보았다.

각 문파들은 현재 구룡상단의 도움을 많이 받고 있었다. 그리고 현재 무림맹의 부지도 그들이 제공한 것이었다. 그러니 당황스러울 수밖에 없었다.

백리소소는 가볍게 한숨을 쉬었다.

"모두 당혹스러워하시리란 것은 압니다. 그러나 구룡상단은 분명히 전륜살가림의 것입니다. 그리고 우리가 가장 먼저 처리해야 할 상단이 바로 구룡상단입니다. 아니, 구룡상단의 영향력에서 벗어나야 하는 것이 우선입니다."

모두들 안색이 침중해졌다.

백리소소의 말을 들은 후 상황을 어느 정도 이해한 것이다.

영향력.

그렇다. 구룡상단은 무림맹과 각 문파들에 도움을 주면서 자신들을 의지하게 만들었다.

그것 자체가 바로 영향력이라 할 수 있었고, 후에 가장 큰 무기가 될 수 있는 것이다.

노강호들답게 취의청의 고수들이 빨리 상황을 알아채자 백리소소는 다음 말을 이어갔다.

"우선 그들이 무림맹에 부지를 준 것은 이유가 있습니다. 그것은 차후에 말씀드리겠습니다."

종남의 유광이 말했다.

"그렇다면 군사께서는 그들을 상대할 수 있는 방법이 있습니까? 그들은 이미 중원의 상권을 거의 장악하고 있을 뿐 아니라 지금 정도라면 돈이 되는 부분을 완전하게 매점매석하고 있어서 끼어들기도 힘들 텐데 말입니다. 우선은 팔아야 할 물건이 있어야 하고 팔 곳이 있어야 돈을 버는 게 상업입니다."

"방법은 있습니다. 그리고 우리는 오히려 지금 상황을 잘 이용하면 각 문파들이 오히려 큰 이득을 얻을 수 있습니다."

그 말에 모두들 밝은 안색으로 그녀를 바라보았다.

유광이 힘주어 물었다.

"그것이 무슨 방법입니까?"

"무림맹과 각 문파들은 경제적으로 구룡상단으로부터 자립을 해야 합니다. 하지만 지금은 굳이 그럴 필요가 없습니다. 오히려 그들의 눈과 귀를 막기 위해 조금 더 구룡상단에 의지할 필요가 있습니다."

유광이 이해할 수 없다는 표정으로 물었다.

"빚을 더 지는 것이 방법이란 말씀입니까?"

"물론입니다."

이번엔 원화 대사가 물었다.

"아미타불, 조금 더 설명을 해주십시오."

"여기는 우리 땅입니다. 서쪽의 오랑캐인 전륜살가림에 영합한 자는 용서할 수 없다는 사실입니다. 물론 지금은 아니지만 말입니다."

모든 시선이 그녀에게 모아졌다.

그녀가 취의청 안에 있는 줄을 잡아당기자 취의청 문밖에서 수많은 사람들이 다가오는 기척이 들려왔다. 잠시 후 취의청 문이 열리고 각 상단의 단주들이 안으로 들어왔다. 그리고 그 뒤를 이어 천문의 천기당 당주인 조공과 철마상단의 단주인 표풍검 장충수, 천기당(天奇黨) 당주 이호란 등이 안으로 들어온다.

모두들 들어온 사람들을 바라본다.

"제가 오늘 이분들에게 특별히 부탁해서 이 자리에 오시도록 했습니다. 그리고 올 가을 다시 한 번 천문에서 모임이 있을 것입니다. 그때까지 저는 확실히 조사해야 할 일도 있고, 지금 상황을 한 번에 뒤집을 수 있는 방법도 찾아야 합니다. 아니, 방법이 있지만 그것을 좀 더 확인해서 실수가 없게 하려는 것입니다. 그러기 위해서는 많은 분들의 도움이 필요합니다."

그날 회의는 다음날 저녁까지 길게 이어졌다.

사주지로.

섬서성 장안에서 시작해 감숙성을 지나 서쪽으로 끝없이 이어지는 사주지로는 중원 무역의 황금줄이었다.

지금 이 사주지로를 완전히 장악하고 있는 것은 백호상단 예하의 천룡표국이었다.

천룡표국은 강북제일표국이라고 불리는 곳으로 그들의 표행은 특히 사주지로에서 빛을 발한다.

수많은 상단들이 이들의 힘을 빌리지 않고는 옥문관 너머의 광활한 사막을 넘지 못한다는 말까지 나돌 정도였다.

그들이 사막에서 그 어느 표국보다 큰 힘을 발휘하는 것은 그들이 지닌 백타 때문이었다. 서역은 물론이고 사막의 유목민들에게서도 찾아보기 힘든 이 백타들은 사막에서 그 어느 말이나 낙타들보다 빠르고 민첩했다. 그리고 삼 일을 쉬지 않고 달려도 지치지 않는 믿을 수 없는 근력과 지구력을 지닌 영물들이었다.

이 백타들이 이끄는 마차 백왕거는 덩치가 다른 마차의 두 배나 큰데도 불구하고 일반 말이 끄는 마차보다 거의 두 배나 되는 속도로 달릴 뿐 아니라 안전하기까지 했다. 그래서 다른 표국보다 표행의 가격이 훨씬 비싼데도 불구하고 많은 상단들은 천룡표국을 선택할 수밖에 없었다.

그나마 천룡표국에서 표행을 받아주면 다행인데, 그것도 쉽지 않은 일이었다.

천룡표국은 백호상단의 물건을 최우선적으로 처리하기 때문이었다. 그러다 보니 다른 상단에서는 백호상단과 경쟁을 할 수 없었다.

특히 근래에 천룡표국은 백호상단의 물건만 취급하고 있었다.

그것만으로도 힘에 버거울 정도고, 그러다 보니 사주지로의 무역 자체가 백호상단으로 완전히 치우치게 되었다. 그 외에 작은 상단들이 있지만 전체를 다 합해도 백호상단의 삼 할 정도밖에 되지 못했다.

그러면서 강북 상계에서 백호상단의 힘은 점점 강해지고 있는 상황이었다. 이로 인해 사주지로의 무역으로 돈을 벌던 상단들은 큰 타격을 입을 수밖에 없었다. 그런데 언제부터인가 천룡표국의 아성에 정면으로 도전하는 무리가 있었으니, 그것이 바로 철마상단이었다.

천문의 철마상단이 사주지로의 무역에 뛰어들자 수많은 상단들은 촉각을 곤두세우고 지켜보는 중이었지만, 거의 모든 상인들은 백타를 앞세운 백호상단의 완승을 예측하고 있었다. 그러나 그 예상은 이상하게 빗나가기 시작했다.

강소성 남경의 지부대인이 페르시아의 양탄자 백 개를 사려 한다는 소문이 있었다. 그때 백호상단보다 앞서서 양탄자를 판 것이 철마상단이었다.

이때만 해도 상인들은 이미 사놓았던 물건을 팔았을 거라 추측한 자들이 많았다. 그러나 그 이후에도 이런 비슷한 일들이 계속 벌어졌고, 많은 상인들이 확인한 바로 철마상단의 말들이 사막에서 능히 백타와 견줄 수 있을 정도로 빠르다는 의견이 나오기 시작했다.

뿐만 아니라 철마상단은 밤과 낮을 가리지 않고 사막을 달린다는 소문까지 나돌았다. 물론 그 말을 믿는 사람은 없었다.

　감숙성 옥문관을 지나면 끝없이 펼쳐진 사막 지대가 나온다.
　그 사막의 끄트머리엔 제법 큰 마을 하나가 있었다.
　마을 이름은 중호룡(中浩龍)이었다.
　마을 이름에 어떤 뜻이 있는 것이 아니라 처음 이 마을이 있던 곳에서 파사국이나 페르시아 상인들과 상업을 성사시켰던 사람의 이름을 딴 것이라고 했다.
　사실 이 마을이 생긴 것은 불과 이십여 년 전이었다.
　처음에는 몇몇 파사국의 상인들과 중원의 상인들이 이곳에서 만나 서로의 물건을 교환하기 시작하더니 어느새 이곳은 큰 마을이 되었고, 사주지로의 중심지 중 하나가 되었다.
　각국의 상인들과 한족 상인들이 이곳에 와서 서로의 물건을 사고팔거나 물물교환을 해갔다.
　일종의 다국적 상업 중심지가 되었던 것이다.
　중원에서 가지고 온 물건들은 비단이나 도자기류가 많았고, 파사국이나 페르시아의 상인들은 향료나 양탄자, 은 등을 가져와서 중원의 상품들과 교환하였다.
　중호룡의 중심부에는 수십여 개의 객잔이 모여 있었는데, 그중 와호객잔은 가장 크고 시설이 잘된 사대객잔 중 한 곳이었다.
　그 와호객잔의 별채를 백호상단과 천룡표국이 통째로 쓰고 있는 중이었다.
　별채의 가장 큰 방에 세 명의 인물이 모여 있었다.
　"지금 중호룡으로 철마상단이 오고 있다는 것이 사실인가?"

백호상단의 단주인 궁환의 물음에 천룡표국의 부국주인 구동환이
대답했다.

"그렇습니다. 분명히 천문의 철마상단이라 했습니다."

"잘됐군. 이 기회에 본때를 보여줄 필요가 있겠어."

"어떻게 하려고 하십니까?"

"철마상단이 이곳까지 와서 구하려는 물품이 무엇이겠는가?"

"그거야 은과 향신료, 그리고 양탄자가 아니겠습니까."

"그렇겠지."

"철마상단도 이번 자금성에서 구매하려는 물품들 때문에 온 것이 분
명할 것입니다. 그렇다면 우리 짐작이 맞을 것이라 생각합니다."

"그것을 우리가 전부 매점매석한다. 여기까지 와서 헛걸음하고 돌아
갈 철마상단을 생각하니 벌써부터 기분이 상쾌하군."

구동환과 수석 표두인 왕명환의 입가에 회심의 미소가 어렸다. 근래
방심한 탓으로 몇 번이나 철마상단에게 기회를 주고 말았다. 그러나
그것은 겨우 두세 번에 불과했다. 그래서 천룡표국은 부국주까지 나서
서 단단히 준비를 하고 왔는데, 원하던 대로 그들과 만난 것이다.

물건을 구할 자금과 페르시아의 상인들이 원하는 비단 등은 충분히
가져온 상황이었다. 그리고 그것을 운반할 마차들도 충분했다.

궁환이 구동환을 보면서 물었다.

"그들은 언제쯤 이곳에 도착할 것 같은가?"

"시간상 아무리 빨리 와도 삼 일 정도 걸릴 것입니다."

"그러면 이틀 안에 모든 것을 마무리 지어야겠군."

"그럼 내일부터 서두르겠습니다."

"이틀의 시간이 있다. 너무 서두르는 기색을 보이지 말아야 한다.

우리가 매점매석하는 것은 어쩔 수 없지만, 괜히 약점을 보여서 손해를 볼 필요는 없다. 그리고 물건을 사고파는 것은 백호상단의 상인들이 할 것이니 자네들은 철마상단을 감시해 주게."

구동환이 자신있는 표정으로 대답하였다.

"걱정하지 마십시오. 책임지고 그들을 감시하겠습니다."

"그럼 믿고 우리는 지금부터 물건 구입에 들어가겠네. 이번 기회에 철마상단을 완전히 누르고 다시는 도전할 용기를 내지 못하게 해주세."

"명심하겠습니다."

다음날부터 천룡표국은 가지고 온 물건들로 파사국의 상인들이 가져온 향신료와 양탄자, 그리고 은을 구하기 시작했다. 그러나 그들도 미처 계산하지 못한 것이 있었다.

한 명의 페르시아 상인과 물건을 흥정하던 백호상단의 상인인 두기명은 중호룡으로 들어오는 한 무리의 상단을 보고 눈이 휘둥그레졌다. 그는 파사국의 상인과 거래를 서둘러 끝내고 와호객잔으로 달려갔다.

와호객잔에 도착한 두기명은 바로 궁환을 찾아갔다.

"그들이 왔습니다."

구동환과 이야기를 나누고 있던 궁환이 얼굴을 굳히면서 물었다.

"그들이라니, 누구를 말하는 것인가?"

"철마상단의 무리가 조금 전 중호룡에 들어왔습니다."

그 말을 들은 구동환이 황당하다는 표정으로 말했다.

"그럴 리가 없습니다. 수하들이 그들을 보고 전서구를 날린 곳이 웅자관이었습니다. 거기서 여기까지 거리를 계산하면 아무리 빨라야 삼 일이 걸리는데, 어떻게……."

궁환이 신중한 목소리로 말했다.

"밤을 새워 달란다면 하루 정도는 단축할 수 있겠지."

"그래도 쉽지 않은 거리입니다. 더군다나 지금은 오전입니다. 이렇게 빨리 도착할 수 있다는 것은 아무리 생각해도 납득이 가지 않습니다. 백타라 해도 쉽지 않은 일입니다."

"아무래도 우리가 있는 것을 알고 급하게 서두른 것 같다. 이렇게 된 거 조금 가격을 올리더라도 물건들을 빨리 사들이도록 하라."

"예."

두 명의 수석 표두가 힘차게 대답하였다.

중호령의 사대객잔 중 한 곳인 우화정의 별채에 들어선 철마상단의 단주 표풍검 장충수는 여장을 풀자마자 바로 관표와 백리소소가 있는 방으로 향했다.

"장충수입니다."

"장 단주님, 어서 들어오세요."

백리소소의 목소리는 언제 들어도 아름다웠다.

장충수는 자신도 모르게 미소를 지으며 방문을 열었다.

관표와 백리소소가 이미 기다리고 있었다.

관표가 말했다.

"자리에 앉으십시오. 지금 이야기를 들으니 천룡표국에서 물건들을 매점매석하고 있는 모양입니다."

"예견했던 일입니다. 하지만 생각보다 조금 더 심각한 상황인 것 같습니다."

"심각하다면?"

"물건을 우리에게 주기로 약속했던 페르시아의 상인이 흔들리고 있
는 것 같습니다."

관표와 백리소소의 얼굴이 굳어졌다.

"저들이 사력을 다하는 것 같군요."

"그럴 것입니다. 일단 황궁하고 거래를 트느냐 마느냐 하는 상황이
니. 만약 우리가 물건을 구하지 못한다면 저들은 황궁에 무혈입성하게
됩니다. 그리고 우리 철마상단이 기회를 잡으려면 다시 삼 년을 기다
려야 할 것입니다."

관표는 고개를 흔들었다.

"삼 년인가? 너무 늦군요."

"저들도 우리가 중호룡에 들어온 것을 알 테니 더욱 가격을 높여 부
를 것입니다. 그렇다면 지금도 흔들리고 있는 페르시아 상인은 견디지
못할 것입니다. 하지만 우리가 서둘러 간다면 물건을 살 수 있을 것도
같습니다."

"그럼 서둘러야겠습니다."

"준비하겠습니다."

"그런데 지금 그 상인 아니면 물건을 구하기가 불가능한 것인가요?"

"현재 다른 중소상인들은 전부 물건이 팔린 것으로 압니다. 그 외에
한 명의 대상인이 물건을 가지고 있지만 그 상인 역시 천룡표국의 백
호상단과 흥정을 하고 있는 중이라 들었습니다."

그 말을 들은 백리소소가 장충수를 보면서 물었다.

"그 상단은 오래전부터 백호상단과 거래를 하던 상단인가요?"

"그렇습니다."

"그렇다면 이미 약속하고 물건을 가져온 것 아닌가요?"

"제가 오자마자 들은 정보로는 이제 막 흥정을 하려 하는 것 같습니다. 그리고 그 상인은 백호상단과 독점적으로 거래하진 않았다고 합니다."

백리소소가 말했다.

"다행이군요. 우리에겐 아직 두 번의 기회가 남게 되었으니 말입니다."

"하지만 한쪽은 이미 흥정하는 중이고 백호상단은 가격을 아주 높게 부를 것입니다. 그러니 그 상인으로선 마다할 이유가 없습니다."

"그래도 세상일은 모릅니다. 그냥 좋게 생각하기로 해요."

말을 하면서 백리소소는 생긋이 웃었다.

장충수는 백리소소의 그 웃음을 보면서 무엇인가 일이 잘될 것 같은 예감을 받았다.

커다란 홀 안에 파사국의 상인 압둘 사린이 앉아 있었다.

페르시아의 전통 복장을 한 그의 몸에는 금으로 만들어진 장식들이 여기저기 걸려 있었으며, 뒤에는 네 명의 장한이 환도를 허리에 찬 채 나란히 서 있었다.

언뜻 보아도 상당한 고수들임을 알 수 있을 정도로 그들의 기도는 출중한 면이 있었다. 그리고 압둘 사린의 앞에는 얼굴에 면사를 쓴 백리소소와 관표, 그리고 장충수가 앉아 있었다.

관표와 장충수의 표정은 조금 굳어 있었다.

특히 장충수의 경우 많이 화가 나 있는 표정이었다.

장충수가 앞에 있는 차를 한 모금 마신 후에 말했다.

"이미 우리와 거래를 하기로 약속했던 것으로 압니다."

"미안하게 되었소. 하지만 그쪽에서 제시한 가격이 너무 높아서 정말 어쩔 수 없었소."

상당히 유창한 한어였다.

감숙성의 사투리가 약간씩 섞여 있었지만 듣기엔 전혀 지장이 없었다.

"아직 물건을 넘기지 않은 것으로 압니다."

"물론 물건을 넘기지는 않았소. 그러니 아직 장 단주에게도 기회가 있소. 그들이 제시한 가격과 같은 가격이면 물건을 주겠소."

장충수는 관표와 백리소소를 바라보았다.

관표가 묵직한 목소리로 물었다.

"그러니까 미리 약속한 가격으로는 거래를 하지 않겠다, 이 말이지요?"

압둘 사린의 입가에 미묘한 미소가 떠올랐다.

장충수는 이들 남녀를 자신의 윗사람이라고 소개했다.

압둘 사린이 보기에 두 사람은 아직 애송이에 불과했다.

아무래도 철마상단을 소유하고 있는 소유주의 자식과 부인쯤 될 것이라 예상되었다.

"상인이란 언제나 이익이 많은 곳으로 마음을 주게 되어 있다네, 젊은 공자."

장충수의 눈썹이 꿈틀거렸다.

"말을 조심하시오, 압둘. 두 분은 나의 주군과 주모님이시오."

장충수의 말을 들은 압둘 사린의 표정이 조금 굳어졌다.

주군의 아들이 아니라 주군이란다.

압둘 사린은 비록 장충수와 두 번의 거래밖에 한 적이 없지만 최소한 그의 사람됨은 잘 알고 있었다. 누구보다도 바르고 정직하지만 자존심도 강한 남자였다. 쉽게 남의 밑에 들어갈 사람이 아니었던 것이다.

그런 장충수가 자신보다 나이 어린 사람을 주군으로 모실 정도라면 결코 만만한 상대가 아닐 것이라 생각되었다.

"흠, 좋소. 그 점은 내가 사과하지. 하지만 나는 당신들과 거래하지 않겠소. 만약 거래를 하고 싶으면 백호상단이 제시한 가격의 배를 내놓으시오. 싫음 관두고."

"뭐라고!"

장충수는 화가 나 뭐라고 쏘아붙이려 하였지만 관표가 한 손을 들어 제지하였다.

관표는 품 안에서 작은 나무 상자를 꺼내 내려놓은 다음 뚜껑을 열었다. 압둘은 관표가 내놓은 물건을 보고 눈을 휘둥그레 떴다.

"서, 설영작음차."

이런 오지의 사막에서 구하기엔 불가능한 약초였다.

차로 달여 마시면 어떤 더위도 가실 뿐만 아니라 오랫동안 복용하면 수명이 길어지고 잔병이 없어지며 조금씩 젊어진다는 명약이었다.

설영작음차는 북방의 만년설 안에서만 자라고 땅에서 뿌리를 뽑으면 반 각 안에 시들어 버린다.

보관하는 방법은 땅에서 뽑자마자 만년설의 얼음을 담은 용기에 넣는 방법뿐이었다. 그러나 용기 안에 만년설이 녹으면 그대로 시들어 버려 쓸모없는 풀이 되어버린다.

그러니까 겨울이 아닌 계절이나 사막에서는 구경하기가 불가능한 물건이라 할 수 있었다.

압둘이 이 약초를 아는 것은 중원에 상행을 갔을 때 몇 번 보았고 맛까지 볼 수 있었기 때문이다.

믿을 수 없게도 눈앞의 약초는 설영작음차가 분명했다.

향기만으로 알 수 있을 정도로 설영작음차의 향은 독특했기에 분명했다. 그런데 어떻게 이 사막까지 보관해 올 수 있었단 말인가?

"꿀꺽."

압둘 사린은 마른침을 삼켰다.

사막이 많고 무더운 페르시아에 설연작음차를 가져가면 부르는 것이 값이라고 할 수 있었다.

관표는 입가에 웃음을 머금고 말했다.

"이것과 바꾸려 했는데 참으로 안타깝습니다. 장 단주, 이만 갑시다."

관표가 자리에서 벌떡 일어섰다.

장충수가 놀라서 일어섰고, 백리소소도 조금 당황한 표정으로 관표를 바라보았다. 제일 놀란 것은 압둘 사린이었다.

물건을 내놓은 것은 거래를 하기 위해서라고 생각했기에 벌써부터 흥정할 것을 생각하며 가슴 설레던 중이었기 때문이다.

관표는 압둘 사린을 보고 말했다.

"모름지기 장사란 신용이 생명이라고 들었소. 작은 이익에 흔들려 신의와 약속을 어기는 사람이라면 무엇을 믿고 거래를 하겠소. 당신과는 오늘 이후 다시 볼 일이 없을 것이오."

관표의 단호한 말에 압둘은 당황한 표정으로 말했다.

"자, 잠깐."

"난 할 말 없소."

관표는 전혀 미련이 없다는 표정이었다.

압둘 사린은 앞으로 다시는 철마상단과 거래를 할 수 없다는 것을 알았다. 그만큼 관표의 목소리는 단호했다. 단순히 협박용 말이 아니란 것은 직감으로 알 수 있었다. 그러나 그냥 보내기엔 설연작음차는 너무 미련이 남는 물건이었다.

압둘 사린의 표정에 살기가 어렸다.

"정말 그냥 갈 것이오?"

"나는 두말하지 않는다."

"할 수 없군. 이러고 싶지 않았는데… 올 때는 마음대로 왔지만 갈 때는 네 마음대로 되지 않을 것이다."

관표와 백리소소, 그리고 장충수가 움직임을 멈추었다.

"지금 우릴 협박하는 것이오?"

장충수의 말에 압둘이 여유있게 웃으면서 자신의 턱수염을 쓰다듬었다.

"미안하지만 협박이 아니라 진심을 말하는 것이오, 장 단주."

"정말 그런 것인가? 지금이라도 그만두는 것이 좋을 텐데."

장충수의 말투가 단호하게 변했지만 압둘은 깨끗하게 무시했다.

어차피 칼을 뽑았다.

그렇다면 이제 상도는 물 건너간 것이다. 만약 살려서 보낸다면 압둘은 앞으로 이곳에서 다시는 상행위를 하지 못할 것이다. 결국 이들을 체포한 다음 협박해서 설연작음차를 모두 수거하고 전부 죽여서 입막음을 해야 할 것이다.

그러고 보니 계집은 살려서 데려가도 돈이 될 것 같았다.

면사는 쓰고 있지만 아찔할 정도로 예쁘다는 걸 알 수 있었기 때문이었다.

결심을 굳힌 압둘은 나직하게 말했다.

"죽여라! 단 계집은 살려라."

네 명의 페르시아 무사가 천천히 세 사람에게 다가왔다.

장충수는 관표를 바라보았다.

"모두 생포하십시오!"

"명."

장충수는 힘차게 대답하고 앞으로 걸어나왔다.

동시에 네 명이 한꺼번에 달려든다.

'번쩍' 하는 섬광과 함께 장충수의 검이 뽑혀지고 수백 년 동안 실전되었다가 다시 되살아난 검치 조산호의 단월검법이 시전되었다.

따다당!

하는 소리가 연이어 들리면서 달려들던 네 명의 페르시아 무사가 주춤거리며 뒤로 물러섰다.

장충수의 검이 기묘하게 반월을 그리면서 물러서는 네 명의 무사 중 가장 왼쪽에 있는 무사의 어깨를 쓸어갔다.

기겁한 페르시아 무사가 자신이 들고 있는 환도를 비스듬히 쳐올리며 장충수의 검을 막으려 하였다. 그리고 다른 세 명의 무사가 장충수를 협공하며 공격당하는 동료를 구하려 했다.

그 순간 장충수의 검이 갑자기 열여섯 개로 갈라지면서 네 명의 무사를 한 번에 쓸어버렸다.

단월검법의 삼대살초 중 하나인 단월산(斷月散)이었다.

"크윽!"

"으으."

하는 비명이 연이어 들리면서 네 명의 무사가 휘청거리며 뒤로 물러섰다. 그들 중 한 명은 환도를 들고 있던 팔이 잘렸고, 다른 한 명은 목이 날아가고 말았다. 또한 남은 두 명도 가슴에 큰 상처를 입은 채 뒤로 물러서다가 결국 그 자리에 주저앉고 말았다.

압둘의 안색이 파랗게 질린 채 벌떡 일어섰다.

그로선 지금 눈앞에서 벌어진 일이 믿어지지 않았던 것이다.

백리소소의 눈에서 파란 광체가 나며 압둘을 쏘아보자, 그 기세를 이기지 못한 압둘은 그 자리에 주저앉고 말았다.

자신이 얼마나 무서운 사람들을 건드렸는지 이제야 안 것이다.

관표가 한 발 앞으로 나서며 말했다.

"앞으로 조심해라. 다시 한 번 이곳에서 우리를 만나면 온전하게 살아남지 못할 것이다. 네가 한 짓의 벌은 내 수하가 내릴 것이다."

세 사람이 밖으로 나간 후 한 명의 무사가 압둘의 방으로 들어왔다. 들어온 무사를 본 압둘의 안색이 더욱 굳어지고 말았다.

그는 지금까지 오십오 년 동안 세상을 살아오면서 지금 들어온 무사처럼 험악하게 생긴 사람을 본 적이 없었다. 특히 독사처럼 째진 눈은 그저 보는 것만으로도 오금이 저릴 정도였다.

장칠고는 천천히 압둘에게 다가가 살기를 풀풀 뿜어냈다.

"네놈이 감히 주공과 주모님의 생명을 노렸단 말이지. 손을 내밀어라!"

압둘은 멍하니 장칠고를 보다가 기겁해서 손을 내밀었다.

장칠고는 품 안에서 병을 꺼내 들고 뚜껑을 열었다.

향긋한 냄새가 방 안을 자극할 때 그는 붓으로 병 안에 있는 액체를 묻혀서 압둘의 손바닥에 바르며 말했다.

"앞으로 평생 동안 주공과 주모님께 잘못을 빌면서 살아라. 그리고 네놈은 강시만도 못한 놈이니 강시처럼 만들어주마. 두 다리 붙여!"

압둘이 놀라서 두 다리를 붙이자 장칠고는 들고 있던 병의 액체를 그의 무릎 위로 뿌렸다.

"내가 나간 다음에 네 마음대로 움직여도 좋다."

압둘은 어리둥절한 표정으로 장칠고를 바라보았다.

괜히 겁먹은 게 아닌가 하는 생각이 들 정도였다.

본래 가진 것이 많은 사람일수록 죽는 것을 두려워한다.

세상에 두고 갈 것이 많기 때문일 것이다.

혹시나 하는 두려움 때문에 겁을 먹었던 압둘은 장칠고의 너무 간단한 처사에 의아함을 느꼈지만 다행이란 생각으로 가볍게 숨을 내쉬었다.

장칠고가 나가자, 그는 얼른 마주 붙이고 있던 손을 떼려 하였다. 그러나 음양접에 의해 붙은 그의 두 손이 그렇게 간단하게 떨어질 리가 없었다.

앉으려 하니 무릎 아래로 붙어버린 발도 떨어질 생각을 안 한다.

강제로 힘을 주자 엄청난 고통이 밀려왔다.

압둘의 표정이 파랗게 질렸다.

무엇인가 잘못되었다는 것을 안 것이다.

그는 알까? 평생 동안 누구에게 잘못을 빌듯이 두 손을 붙이고 살아야 한다는 것과 움직일 때는 강시처럼 깡충거리며 뛰어다녀야 한다는 것을.

第六章

인과응보(因果應報)

—우리가 잘하는 것으로 겨룬다

　압둘의 방에서 나오자 백리소소는 조금 걱정스런 표정으로 관표에게 물었다.

　"가가, 어쩌시려고요. 여기서 물건을 구하지 못하면 시간 안에 북경에 도착하지 못할 수 있습니다. 자칫하면 물건을 못 구할 수도 있습니다."

　"아까 소소가 말하지 않았소. 우리에겐 또 하나의 기회가 있을 수 있다고. 거기에 기대를 해봅시다."

　"하지만 가가, 그것은 아주 낮은 확률일 뿐입니다. 지금쯤 백호상단과 이야기가 끝이 났을지도 모릅니다."

　"그래도 저런 자와 거래를 하긴 싫었소. 조금 더 미래를 봅시다. 그리고 그 상인이 백호상단과 거래를 했다는 보고는 아직 없지 않소. 그럼 우리에게도 기회가 있을 것이오. 그가 아직 백호상단과 거래 직인만 찍지 않았다면 우리가 가진 설연작음차가 위력을 발휘할 것이오. 그러니 희망을 버리지 맙시다."

백리소소가 방긋이 웃으면서 말했다.

"사실은 소소도 가가의 의견에 찬성입니다. 차뿐이 아니라 녹림대시장 건과 관련해서도 많은 일들을 함께해야 할 사람은 아니었습니다."

장충수가 낙담한 표정으로 말했다.

"죄송합니다, 문주님. 압둘이 욕심 많은 것은 알았지만 이 정도로 한심할 줄은 몰랐습니다. 모두 제 탓입니다."

백리소소가 웃으면서 말했다.

"우리는 이곳에 진출한 지 불과 몇 달입니다. 이미 좋은 거래처는 전부 다른 상단들이 독차지한 상황. 저런 사람이라도 거래자로 만든 것은 장 단주님이었기에 가능한 일이었습니다. 그래도 두세 차례 좋은 거래를 했으니 그것으로 만족하면 될 것 같습니다."

장충수는 가볍게 한숨을 쉬면서 말했다.

"제발 지금 가는 상인과는 잘되었으면 좋겠습니다."

관표가 담담한 목소리로 말했다.

"우리에게도 아직은 기회가 있을 것이라 생각합니다. 그러니 장 단주님은 걱정하지 마십시오. 그리고 정 안 되면 압둘의 물건을 강탈이라도 하면 되지 않겠습니까."

장충수가 놀라서 관표를 바라보았다. 그러나 백리소소는 그저 배시시 웃을 뿐이었다. 과연 누구답다 하는 표정으로.

장충수는 고개를 흔들면서 말했다.

"강탈이라면, 정말 그럴 생각도 있으신 것입니까?"

"먼저 강탈하려 했으니 우리라고 못할 게 뭐 있겠습니까?"

관표의 태연한 대답에 장충수는 고개를 흔들었다.

그는 가끔 자신의 주군에 대해서 알쏭달쏭할 때가 있었다.

정말 시골 촌놈 같았던 첫 만남에서부터 이제 천문의 문주이자 무림의 영웅이 된 지금까지 몇 년 동안 관표를 지켜보았지만 가끔 자신이 정말 관표에 대해서 잘 아나 싶을 때가 있었던 것이다.

우직해서 머리 쓰는 일은 별로 못할 것 같은데, 녹림도원이나 녹주현, 그리고 천문을 만들어가는 과정을 보면 절대 그런 것 같지도 않았다. 비록 섬세한 부분은 백리소소가 많이 관여를 하였지만 큰 틀은 언제나 관표가 제시하고 이끌어간다는 것을 모르는 천문의 수뇌진은 한 명도 없었다.

그럼 천재일까?

그것도 긴가민가하다.

별로 잘생기지도 않고 큰 개성도 없어서 사람을 끌어당기는 힘이 없는 것 같은데, 보면 그것도 그렇지가 않았다.

기라성 같은 수하들은 둘째 치고, 백리소소 같은 미인을 아내로 맞이하였으며, 도종과 호치백, 그리고 마종 같은 기인들과 의형제를 맺었다.

이게 인복인지 아니면 관표의 인간적인 매력인지 알쏭달쏭하다. 다만 한 가지 확실한 것은 자신이 관표에게 그런 것처럼 모든 사람들이 그를 진심으로 대한다는 사실이었다.

우직한 것 같은데 강시를 사용하는 걸 보면 기발한 생각에도 뛰어난 것 같다.

꽤 고지식하고 바른 남자인 것 같은데 산적질을 하러 세상에 나온 화전민이라고 하니 기가 막혔다. 물론 지금 같은 경우도 잘 적응 못하기는 마찬가지였다.

별로 고민스럽지 않은 표정으로 강탈을 하잔다.

장충수는 다시 한 번 고개를 흔들고 말았다. 그런데 그의 머리를 더 아프게 한 것은 백리소소였다.

"가가, 정말 좋은 생각이에요."

정도문파이자 오대천의 하나인 백리세가의 딸이 한 말이었다.

거기에 무림맹의 군사인.

정말 누가 들을까 봐 놀란 장충수는 사방을 둘러보고 안쓰럽게 한숨을 내쉬었다.

부창부수란 이럴 때 사용하는 것인가.

페르시아의 대상인 중 한 명인 수케르는 고민 중이었다.

백호상단에서 제시한 조건은 분명히 생각 이상으로 좋은 조건이라 물건을 넘기기만 한다면 큰 이문이 남을 것이다. 그런데 이상하게 마음에 걸린다.

'조건이 너무 좋아서 그런가?'

그런데 그게 문제가 될 것은 아니었다. 무엇인가 꺼림칙했다.

그런 직감 때문에 결정을 잠시 미루었다.

반 시진의 여유를 달라고 말한 후 왜 자신이 그 좋은 조건을 받아들이지 못할까 하는 고민을 하고 있을 때였다.

"주인님, 손님이 오셨습니다."

하녀의 말에 수케르는 고개를 들었다.

"손님?"

"철마상단에서 왔다고 합니다."

"철마상단? 중원에 그런 상단도 있었나."

하녀이자 수케르의 첩이고 심복인 하심 아밀라는 방긋이 웃으면서 말했다.

"중호룡에서 상업 활동을 한 지 얼마 되지 않은 상단입니다. 압둘과 거래를 하던 상단으로 알고 있습니다."

압둘이란 말에 수케르는 안색이 굳어졌다.

"압둘 그 돼지새끼?"

"그렇습니다. 그리고 지금 들어온 소식입니다."

"뭔가?"

"압둘의 호위무사 네 명이 죽고 압둘은 병신이 되었다고 합니다."

"뭐라고?"

수케르가 놀란 시선으로 하녀를 본다.

"어떻게 된 일인가?"

"급히 알아본 바에 의하면, 지금 온 상단의 주인과 시비가 붙었다고 합니다. 철마상단의 주인은 약속을 어긴 자와 거래할 수 없다고 돌아섰는데, 압둘이 강제로 상대의 물건을 빼앗으려 하다가 반대로 당했다고 합니다."

수케르의 얼굴에 강한 호기심이 떠오른다. 압둘을 병신으로 만들었단 말에 호감도 갔고, 배짱은 더욱 마음에 들었다. 그리고 압둘이 강제로 빼앗으려 했다는 물건에도 호기심이 생겼다.

"손님을 안으로 모셔라."

"예, 주인님."

잠시 후 백리소소와 관표, 그리고 장충수가 안으로 들어왔다.

수케르는 본능적으로 나타난 사람들의 기세를 읽을 수 있었다. 특히 그의 시선을 끈 것은 한 쌍의 젊은 남녀였다.

수케르가 자리에서 일어선 후 말했다.

"알 하자르 수케르라고 합니다."

역시 상인답게 한어에 능통했다.

관표 일행 역시 예를 취하며 인사한 후 수케르가 권하는 자리에 앉았다.

수케르는 관표를 보며 말했다.

그는 본능적으로 관표가 세 사람의 중심이란 것을 안 것이다.

"일이 있었다고 들었습니다."

"신의없는 상인에게 사람의 도리를 가르쳤을 뿐입니다."

"그러다가 물건을 구하지 못하면 어쩌려고 그러셨습니까?"

"그럼 나중에 압둘을 죽이고 강탈이라도 할까 생각 중이었습니다."

수케르는 기가 막히다는 표정으로 관표를 바라보았다.

장충수 역시 놀라 관표를 바라보았는데, 관표는 여전히 태연했다. 수케르는 마른침을 삼키고 다시 한 번 관표를 바라보았다.

혹시 자신을 협박하는 것인가?

관표는 수케르의 마음을 읽었는지 담담한 표정으로 말했다.

"우리는 존중할 가치가 있는 사람만 존중합니다. 먼저 우릴 죽이고 우리 물건을 강탈하려 했으니 그도 할 말이 없을 것입니다. 우리 한인들은 그것을 일컬어 인과응보(因果應報)라고 합니다."

수케르의 입가에 담담한 미소가 걸렸다.

관표의 말에서 진심을 느낀 것이다.

"압둘이 욕심 많은 상인이지만 쉽게 그런 짓을 할 자는 아닙니다. 대체 얼마나 진귀한 물건이기에 앞뒤를 가리지 않고 욕심을 부렸는지 궁금합니다."

관표는 잠시 수케르를 바라보다가 품 안에서 작은 상자를 꺼내어 뚜껑을 열었다.

상자 안을 들여다보던 수케르가 찬탄을 터뜨렸다.

"혹시 이것은 설영작음차가 아니오?"

"그렇습니다."

"오… 정말 대단합니다. 하지만 이것은 운반이나 보관이 너무 어려워 이 사막까지 가져오기란 불가능하다고 들었습니다. 그런데 어떻게……?"

"인간의 사고는 무한합니다. 하고자 하면 못할 것이 없지요. 그렇게 우리는 설영작음차를 보관하고 운반하는 방법을 연구하여 성과를 거두었습니다. 지금은 그 기술이 완전해졌습니다. 그 성과를 바탕으로 여기서 거래를 할 만큼 충분한 양을 가지고 사막을 넘을 수 있었습니다."

수케르의 눈이 빛났다.

"하늘이 이 수케르를 도운 것 같습니다."

관표가 수케르를 바라보았다.

수케르가 웃으면서 자신이 조금 전 한 말을 설명하였다.

"백호상단과의 거래가 이상하게도 마음에 걸려 망설이는 중이었습니다. 조금만 늦었으면 저는 그들과 거래를 했을 것입니다."

관표와 백리소소는 입가에 미소를 머금었다.

수케르는 백리소소가 웃는 모습을 보고 크게 당황하였다.

'면사를 쓰고 있는데 웃는 눈매만 보고도 가슴이 진탕되다니, 진면목은 얼마나 아름다울까?'

나름대로 미인이라면 충분히 면역이 되어 있다고 믿었던 수케르는 겨우 가슴을 진정시킬 수 있었다.

그의 마음을 알기라도 한 걸까? 지금까지 조용히 있던 백리소소가 말을 했다.

"우리는 단 한 번의 거래를 원하는 것이 아닙니다."

사막의 더위가 한 번에 씻겨지는 것 같은 시원한 목소리였다.

"그럼 앞으로 지속적으로 설영작음차를 공급해 줄 수 있다는 것입니까?"

"충분히는 아니지만 지속적인 공급은 가능합니다. 또한 우리 철마상단은 설영작음차 외에도 많은 물건들이 있습니다. 그리고 물건뿐만이 아니라 우리는 물건을 사고팔기도 하지만 이와 같이 보관하기 불가능하거나 운반하기 힘든 것들을 보관해 주고 운반해 주기도 합니다. 사실은 후자가 주 업무라고 할 수도 있습니다. 더군다나 철마상단은 아주 빠릅니다."

수케르는 갑자기 갈증이 이는 것을 느꼈다.

물건을 상하지 않게 운반하고 보관할 수 있다. 그리고 거기에 더해서 아주 빠르단다.

이것이 상계에 얼마나 중요한 일인지 그는 잘 알고 있었던 것이다.

"얼마나 보관할 수 있고 얼마나 빠르게 운반할 수 있습니까?"

"썩는 과일을 기준으로 할 때 삼 년에서 오 년까지 싱싱한 그대로 보관할 수 있습니다. 그리고 그렇게 보관한 채로 기존보다 두 배 이상 빠르게 운반할 수 있습니다."

수케르는 흥분이 되려는 것을 겨우 참았다.

상대의 말이 사실인지 아닌지 알기 위해서 눈에 힘을 주고 관표의 표정을 살폈지만 절대로 거짓말 같지 않았다. 아니, 지금 눈앞에 있는 설영작음차만 보아도 무엇인가 특별한 방법이 있는 것 같았다.

"그 말이 사실입니까?"

"괜찮으시다면 저희와 함께 가셔서 가져온 물건들을 보시면 믿을 수 있을 것입니다."

"좋습니다. 제가 믿을 수 있는 증거만 제시한다면 무조건 거래를 트겠습니다. 아니, 제가 오히려 부탁드리고 싶은 심정입니다."

관표가 웃으면서 말했다.

"감사합니다. 대신 앞으로 물건을 구하러 중원까지 직접 오셔야 합니다. 거기엔 나름 이유가 있습니다. 그리고 구한 물건은 저희가 직접 운반해 드리겠습니다."

수케르는 중원까지 직접 와야 한다는 말에 조금 망설였지만 그것은 아주 잠시였다. 상대는 배 이상 빠르게 운반해 줄 수 있다고 했기 때문이었다.

"좋습니다."

"그럼 저희를 따라오시지요."

수케르는 서둘러 준비를 하기 시작했다.

백호상단의 단주인 파령도(波嶺刀) 궁환의 안색은 냉막하게 굳어 있었다. 옆에서 보면 돌을 깎아놓은 것처럼 감정이 없는 모습이었다. 그러나 아는 사람들은 이 모습이 그가 아주 화가 났을 때라는 것을 알고 있었다.

그 앞에는 백호상단의 부장 네 명을 비롯해서 천룡표국의 부국주인 구동환과 수석표두인 왕명환이 나란히 앉아 있었는데, 그들의 표정 역시 모두 어두웠다.

천하에 사람들은 백호상단의 단주인 궁환과 천룡표국의 구동환, 그리고 수석표두인 왕명환을 일컬어 삼환이라고 불렀는데, 그들은 공교롭게도 이름의 마지막 자가 모두 환으로 끝났던 것이다.

궁환은 두 손을 으스러지게 쥐었다.

생각하면 할수록 화가 났다.

물건 가격의 배에 가까운 값을 불렀다.

그 정도 가격이면 무조건 흥정될 것이라 믿었던 것이다. 그런데 수케르는 잠시 사이에 마음을 바꾸어 철마상단과 거래를 하고 말았다.

매점매석하려 했던 계획이 실패하고 만 것이다.

천룡표국의 부국주인 구동환이 조금 격한 목소리로 말했다.

"단주님, 사막에서 철마상단을 묻어버릴까요?"

"바보 같은!"

궁환의 목소리는 자신도 모르게 커졌고 구동환은 찔끔한 표정으로 궁환을 바라보았다.

"상대는 천문이다. 그들이 그만한 준비도 안 하고 온 것 같은가? 들리는 말에 의하면 투왕과 무후가 함께 와 있다는 소문이 있다. 그런데 네가 무슨 수로 그들을 묻는단 말이냐?"

구동환은 맥이 풀리고 말았다.

투왕과 무후란 말에 식은땀이 흐른다.

궁환은 그런 구동환을 무시한 채 말했다.

"이젠 어쩔 수 없다. 매점매석은 실패했지만, 우리에겐 아직도 그들을 이길 수 있는 방법이 남아 있다."

구동환이 물었다.

"그것이 무엇입니까?"

"우리의 장점. 그것으로 그들과 겨룬다. 그렇다면 아직도 우리가 훨씬 유리하다."

백호상단의 사대부장 중 한 명이 다시 물었다.

"어떻게 하려고 그러십니까?"

"달리는 것이다."

"예?"

"우리에겐 백타와 백왕거가 있다. 거기에 물건을 싣고 달린다. 그들보다 훨씬 빨리 북경에 도착한 다음 우리와 친분이 있는 고위급 인물들에게 손을 쓰는 것이다. 그래서 구매 일까지 기다리지 않고 철마상단이 오기 전에 전부 팔아버린 다음 독점권을 확보하면 된다."

구동환의 얼굴이 밝아졌다.

사막에서 달리는 것이라면 백타를 이길 것이 없었다.

그는 자신이 있었다.

"좋은 생각입니다. 저에게 맡겨주십시오. 투왕과 무후가 무공은 강할지 모르겠지만 사막에서 질주하는 백타는 황제입니다. 이는 무공이 아니니 우리가 이깁니다. 흐흐."

"부탁하네, 부국주."

"부탁이라뇨? 당연히 해야 할 일입니다. 그리고 우리는 이길 겁니다. 백타는 쉬지 않고 천 리 이상을 달릴 수 있습니다. 더군다나 백왕거는 백타 네 마리가 끄는 마차입니다. 제아무리 명마라 해도 사막에서 백타를 이길 순 없습니다."

그들은 벌써부터 승자의 눈을 하고 있었다.

그것은 백타에 대한 절대적인 믿음 때문이었다.

"그래도 방심은 하지 말게."

"조금도 방심하지 않겠습니다. 그들이 중호룡에 도착할 때 예상보다 하루 먼저 도착했습니다. 그렇다면 그들도 무엇인가 있기는 있을 것입니다. 그리고 소문을 믿을 건 아니지만 그들이 빠른 것도 사실일 것입니다. 아마도 철마상단의 인물들은 백타보다 늦은 것을 부지런함으로 보충하는 것 같습니다. 그래서 잠도 안 자고 달린다는 말이 나왔을 것입니다. 그러나 같은 상황이라면 백타가 질 리 없습니다. 그들은 아무리 명마를 가지고 왔더라도 그저 말일 뿐입니다. 말이 빨라 봤자 얼마나 빠를 것이며 지구력과 근력이 좋아야 얼마나 좋겠습니까? 더군다나 사막에서 말입니다."

그 말에 궁환의 표정도 조금 풀어졌다.

구동환의 말은 확실히 맞는 말이었기 때문이다. 자신도 그것을 잘 알고 있기에 이 방법을 생각해 낸 게 아닌가.

"믿겠네. 그럼 빨리 서두르지. 모든 것은 확실한 게 좋겠지."

"바로 준비하겠습니다."

"내일 아침 일찍 출발하기로 하세."

"걱정 마십시오."

구동환 일행은 바로 일어서서 밖으로 나가 출발 준비를 서두르기 시작했다. 이미 물건은 전부 구해놓은 상황이었다. 완전히 병신이 된 압둘에게도 약속한 대가를 치르고 물건을 가져올 참이었다. 그 일만 처리하면 떠날 차비를 하는 것은 문제가 아니었다.

수케르와 많은 이야기를 나눈 관표 일행은 가벼운 마음으로 객잔에 돌아왔다. 돌아온 다음 세 사람은 다시 방 안에 마주하고 앉았다. 장충수가 관표를 보면서 말했다.

"문주님, 이제 물건은 어느 정도 확보를 한 것 같습니다. 그 외에 더 필요한 것이 있다면 내일부터 군소상인들을 만나서 흥정을 하겠습니다."

그 말을 들은 백리소소가 고개를 흔들면서 말했다.

"우리는 내일 출발해야 합니다."

장충수가 놀라서 그녀를 바라보았다.

"내일 말입니까? 그건 너무 빠른 것 아닙니까?"

"그들은 지금 매점매석하려던 계획이 실패했어요. 백호상단 정도라면 그 정도에서 포기하지 않을 것입니다. 서로 마주치지 않았다면 모르지만 만난 이상 자신들이 우위에 있다는 것을 확실히 보여주려고 들것입니다."

관표가 물었다.

"그럼 내일 출발하자고 한 것은 그것과 관련이 있는 것이오?"

"있지요. 그리고 이 기회에 철마상단의 이름을 확실하게 해둘 필요가 있습니다."

"말해보시오. 세이경청하리다."

"저들은 내일쯤 출발해서 우리보다 먼저 황궁으로 가려 할 것입니다. 그래서 황궁 내의 세력가와 손을 잡고 먼저 물건을 넣으려 할 것입니다."

장충수가 놀라서 물었다.

"하지만 구매 일은 정해져 있지 않습니까?"

"그거야 그렇겠지요. 하지만 미리 물건을 받고 구매 일에 조금의 요식행위만 한 다음, 백호상단의 물건을 받겠다고 하면 그만이죠."

장충수의 얼굴이 굳어졌다.

"그래서……?"

"그것도 있구요, 더 중요한 것은 저들과 한번 경쟁해 보는 것도 좋을 것 같아서요. 그래서 내일 백호상단, 아니, 정확하게 말해서 천룡표국의 백타가 출발할 때 함께 출발하는 것입니다. 그러려면 준비를 좀 해야겠죠. 잘하면 마차 안에서 한동안 내려오지 못할지도 모르니까요. 그리고 구경꾼은 많으면 많을수록 좋겠지요."

백리소소가 말을 하면서 밝게 웃었다.

관표와 장충수는 그런 백리소소를 바라만 보고 있었다.

대체 그녀는 무엇을 생각하는 것일까?

第七章
철마백타(鐵馬白駝)
―먹지도 않고 자지도 않고 달린다

다음날 아침 먼저 출발을 한 것은 백호상단이었다. 그리고 약 반 각후 철마상단이 출발하였다. 그런데 그 이전에 중소상단이나 표국들이 이상할 만큼 일찍 출발을 하면서 그들의 출발은 오히려 늦은 감이 있었다.

끝없이 펼쳐진 대사막을 가로지르는 마차의 행렬은 길게 이어진 채 먼지 폭풍을 일으키고 있었다.
천룡표국의 백왕거는 모두 열두 대였고, 철마상단의 마차는 모두 열 대였다. 그리고 이날의 질주는 이렇게 조용히 시작되었다.
일렬로 늘어서서 사막을 질주하는 열두 대의 백왕거들 맨 앞 마부석에는 천룡표국의 부국주이자 백타술의 일인자라는 구동환이 타고 있었다.

벌써 이십 년 동안 백타를 타고 사막을 질주해 온 구동환의 호는 타왕이었다.

그는 천천히 호흡을 조절하며 백타를 몰아갔다.

광활한 사막 위에 끝없이 먼 수평선을 마주 보고 달릴 때의 기분은 아무나 느낄 수 있는 것이 아니다.

백타들과 일심동체가 되어 선두를 질주해 가는 이 기분.

달리면서 백타가 밟고 간 땅은 다 자신의 것 같았다.

특히 자신이 모는 네 마리의 백타는 천룡표국이 지닌 일흔다섯 마리의 백타들 중에서도 가장 빠르고 가장 힘이 좋은 종자들이었다.

끝없이 달리면서도 힘이 남아돌아 항상 앞으로 뛰쳐나가려는 네 마리의 백타를, 뒤쫓아오는 다른 마차들과 보조를 맞추기 위해 속력 조절을 해야 했다.

백타의 기분을 이해하고, 그들을 다스리면서 뒤에 오는 백타들 속도에 맞추는 것은 생각보다 쉬운 일이 아니었다. 그래서 선두의 네 마리 백타는 자신과 수석표두인 왕명환 이외에 다른 표두들은 감히 함부로 다루지 못했다.

물론 지금 뒷좌석에는 왕명환 이외에 한 명의 젊은 표사가 타고 있어 두 사람에게 백타술을 배우는 중이긴 했다.

차기 선두 백왕거의 차주라고 할 수 있을 것이다. 그러나 아직은 많이 미숙해서 감히 마부석에 앉히지 못하는 중이었다.

이것도 일종의 특권이라면 특권이라고 할 수 있었다.

아무나 할 수 없는 기술.

아무나 앉을 수 없는 마부석.

백타들이 넘쳐 나는 힘을 참지 못하고 꿈틀거린다.

구동환은 백타들에게 조용한 목소리로 말했다.

"크, 인석들, 너무 설치지 말아라. 내 나중에 힘껏 달리게 해줄 테니 지금은 조금 참아라."

그 말을 알아들었는지 네 마리의 백타가 속도를 조절하며 달린다. 그렇게 중호룡을 벗어나 앞으로 달리던 구동환은 고개를 갸웃거렸다. 평소 같지 않게 중소상단이나 표국들의 인물들이 많았던 것이다. 아무래도 오늘 새벽같이 출발한 듯 보였다.

구동환의 입가에 미소가 어렸다.

'흐흐, 이것들이 우리가 오늘 출발한다는 말을 듣고 서둘러 출발들을 하였나? 그러나 아무리 그래 보았자 백타와 견주진 못할 텐데. 다 소용없는 짓이다. 좀 미리미리 서두르지, 바보 같은 놈들.'

그들을 비웃는다.

사막의 한 편에서 질주하는 백왕거를 보고 있는 한 표두가 국주를 보면서 말했다.

"국주님, 백왕거가 달리는 것을 보니 어젯밤에 날아온 서신대로 정말 천룡표국과 철마상단이 사막을 질주하며 시합을 펼칠 모양입니다."

"아직은 모른다. 지금 백왕거는 보이지만 철마상단의 마차들은 보이지 않고 있다."

백왕거가 지나고 약 일각쯤 지났을 때였다.

"저, 저기……."

갑자기 표두가 놀란 듯 중호룡 쪽을 가리키면서 국주를 본다. 국주가 얼른 고개를 돌려보니 십여 대의 마차가 무섭게 사막을 질주해 오고 있는 것이 보였다.

국주의 눈이 커졌다.

"처, 철마상단! 그럼 어제 서신이 정말이었단 말인가?"

"그런 것 같습니다."

"설마했는데……."

국주가 놀라서 중얼거렸다.

어젯밤에 갑자기 중소상단이나 표국들에게 서신이 날아왔다.

이름을 밝히지 않은 서신에는 내일 아침에 천룡표국과 철마상단이 사막을 가로질러 누가 더 먼저 중원에 도착하는지 시합을 한다는 내용이었다.

그 서신을 받은 중소상단이나 표국들은 새벽에 서둘러 출발하였다. 인세에 보기 드문 이 대결을 구경하기 위함도 있었지만, 조금이라도 일찍 출발해서 북경에 자신의 몫을 차지해 보기 위해서였다.

물론 자금성에 물건을 팔지 못해도 중원에서 페르시아의 물건을 팔 곳은 많았다. 그러나 일단 이번에 자금성에 물건 납품자로 지정받으면 삼 년간은 안정적으로 물건을 비싸게 넘길 수 있고 자금 회전도 빠르게 될 것이다.

비록 대부분은 백호상단이나 철마상단처럼 큰 곳이 차지를 하겠지만, 일정 부분은 십여 곳 정도의 중소상단을 위한 배려도 있는 것이다. 특히 자금성에서 최우선 대상자로 선정이 된 상단은 삼 년간 수많은 물자들에 대해서 거의 독점권을 가지게 된다.

전체 물량의 칠 할에 해당하는 물량을 한 상단이 책임지게 되는 것이다. 그렇게 되면 그 이익은 이루 말할 수 없을 정도로 많아진다. 그래서 백호상단이나 철마상단은 어느 한 쪽도 양보할 수 없는 것이다.

철마상단이 사라지는 것을 바라보고 있던 해성표국의 국주인 우하령은 자신에게 철마상단의 출현을 말해준 표두를 보면서 말했다.

"자네가 당분간 이곳을 책임져 주게."

"예? 그게 무슨 말씀입니까, 국주님."

"저 대결을 내가 끝까지 보지 못하면 평생 후회할 것 같아서 말일세. 그럼 부탁하네."

갑자기 우하령의 말이 화살처럼 튀어나가 철마상단의 뒤를 쫓기 시작했다. 해성표국의 표두는 그 모습을 멍하니 바라볼 뿐이었다.

삼백여 리를 쉬지 않고 달린 후 구동환은 천천히 백타들을 멈추었다. 이제 조금 쉬어갈 때가 된 것이다. 그리고 거의 점심때도 다 되어갔다.

마차를 세운 구동환은 바로 뒤에 쫓아오던 마차로 향했다.

그 마차에는 백호상단의 단주인 궁환이 타고 있었다.

"단주님, 여기서 쉬었다가 갈까 합니다. 쉬는 김에 점심도 먹고 바로 출발하겠습니다."

궁환 역시 때가 되었다는 것을 알기에 반대할 이유가 없었다. 그리고 처음부터 무리할 필요가 없다는 생각이 들었다. 궁환이 마차에서 내리고 일부는 식사 준비를 하며 네 마리의 백타들에게 물과 먹이를 먹이고 있을 때였다.

왕명환 수석표두가 급하게 구동환에게 달려왔다.

"부국주님, 좀 와보십시오."

"뭐냐?"

"아무래도 철마상단인 것 같습니다."

"뭐? 벌써 쫓아왔단 말이냐? 그들은 분명히 말이 끄는 마차인데 백타를 쫓아왔다고? 적어도 반 시진 이상의 거리는 떨어졌다고 생각했는데."

구동환은 놀라서 뛰쳐나갔다.

궁환도 급히 서둘러 그 뒤를 쫓았다.

그들이 온 서쪽에서 자욱하게 먼지구름이 피어오르며 마차 행렬이 나타나고 있었다.

조금씩 가까워져 오는 행렬의 맨 앞 마차엔 분명히 철마상단의 기가 나부끼고 있었다.

그들이 다가오는 것을 본 구동환의 주먹이 불끈 쥐어진다.

"짐을 꾸려라!"

"예?"

"다시 짐을 싸란 말이다!"

고함을 지른 구동환이 궁환에게 달려갔다.

"단주님."

말하지 않아도 그 뜻을 알 수 있었다.

궁환은 구동환의 눈을 보았다.

그의 눈은 불타고 있었다. 궁환의 눈 역시 마찬가지였다.

둘은 말하지 않아도 상대의 기분을 읽을 수 있었다.

그들의 생각이 같았기 때문에 가능한 일이었다.

궁환이 고개를 끄덕였다.

"무섭게 달려오는 것을 보니 우리의 생각을 읽은 것 같군."

"무후가 무림의 쌍지 중 하나라고 했습니다. 능히 헤아리고 있을 것입니다."

"그렇겠지. 그래서 자네 생각은?"

"우리가 달리면 저들은 초조해질 것입니다. 잘하면 승부욕을 자극시킬 수도 있습니다. 그게 아니라도 우리가 계속 앞서 가면 저들은 초조해지고 무리를 하게 될 것입니다. 단주님도 알다시피 말로 사막에서 낙타를 이길 순 없습니다. 더군다나 백타라면 사막이 아닌 곳에서도 말은 적수가 되지 못합니다."

"밥이야 조금 늦게 먹어도 되겠지."

"그렇습니다. 다행히 백타들이 물은 마신 상황입니다. 더욱 유리해졌죠."

"저들에게 절망을 안겨주기 좋은 시간이군."

"지금쯤 철마상단의 마차를 모는 말들은 기진맥진해 있을 것입니다."

"그럼 뭐 하나, 빨리 달리지 않고!"

"제가 그 말을 하고 싶었습니다."

궁환과 구동환의 입가에 미소가 걸렸다.

천룡표국의 표사들과 백호상단의 사람들은 불과 물 몇 모금 마실 시간에 떠날 차비를 끝내고 철마상단의 마차가 바로 지척에 도착하기 전 출발할 수 있었다.

달리기 시작했다.

이제 따로 달리는 것이 아니라 철마상단의 마차들이 불과 백 장 정도의 거리에서 쫓아온다. 그리고 그 뒤에는 십여 명의 인물이 말을 타고 쫓아오는 중인데, 그들은 이 흥미진진한 대결을 끝까지 구경하기 위해 달라붙은 자들이었다.

해성표국의 우하령처럼.

구동환의 입가에 미소가 걸렸다.

'무슨 일인지 모르겠지만 구경꾼까지 붙었군. 우리 뒤를 철마상단이 바로 쫓아오니까 호기심에 쫓아온 것인가? 뭐, 좋겠지. 어차피 결과는 곧 나올 테니까. 한 시진… 그래, 한 시진 정도만 이대로 달리면 철마상단의 말들은 모두 지쳐 쓰러질 것이다. 흐흐.'

그가 아는 한 철마상단은 자신들과 비슷한 시간에 출발을 하였고, 도착한 시간을 보면 지금까지 쉬지 않고 달렸을 것이다.

여기에 한 시진을 더 달린다면 제아무리 철마라도 지치지 않을 수 없을 것이다.

물건이 잔뜩 실린 마차의 무게는 결코 만만한 것이 아니었다.

몇 개의 작은 상단들이 중호룡에서 물건을 교환한 후 돌아가고 있었다. 이들은 천룡표국에 물건을 의뢰할 만큼 큰 규모가 아니었거나 의뢰를 했다가 거절당한 작은 규모의 상단들과 이 상단을 보호하는 표국들이었다.

그런 관계로 이들은 천룡표국과 철마상단의 일을 전혀 모르고 있었다. 이 상단들을 보호하는 것은 세 개의 연합표국이었고, 그 세 개의 표국들 중 가장 큰 표국의 국주가 직접 나와 표행을 책임지고 있었다.

나름대로 만족할 만한 성과를 얻은 채 돌아가던 상단 일행은 갑자기 들려오는 거친 말발굽 소리에 행렬을 멈추었다.

멀리서 아득한 먼지구름이 피어오르자 표두들은 서둘러 마차들을 한쪽으로 몰아놓고, 그 사이에 상단의 사람들을 들어가게 하였다.

삼 개 표국의 총표두이자 검룡표국의 국주인 인화검(人和劍) 장재이는 표두들과 표사들로 하여금 표물들 앞에 진을 치게 한 후 앞쪽으로 말을 몰았다.

연합상단의 대표인 진대인이 그에게 다가와 물었다.

둘은 오래전부터 아는 사이로 진대인이 장재이 국주보다 열 살이 더 많았다.

"마적단은 아니겠지?"

"아닐 겁니다. 이 근처엔 마적단이 없는 것으로 압니다. 하지만 경계를 해서 나쁠 것은 없습니다."

이윽고 사물이 조금씩 보일 때였다.

장재이가 얼굴을 찌푸리며 말했다.

"천룡표국과 백호상단의 기입니다."

진대인의 표정도 굳어졌다.

그래도 마적단이 아니라서 다행이긴 하지만 백호상단이라면 함께 어울리기 싫은 집단이었다.

천룡표국 또한 마찬가지였다.

그들의 오만함에 상처받은 상단들과 표국들이 어디 한둘인가.

"지나치게 놔두는 것이 좋을 것 같습니다."

진대인도 고개를 끄덕였다.

"그게 좋겠지. 상대하고 싶지 않네."

"그런데 뭐가 그리 급해서 저렇게 달리고 있는지 모르겠습니다. 황궁의 구매 일도 아직 여유가 있는데 말입니다."

"흠, 좀 궁금해지는군."

두 사람이 이야기를 나누고 있을 때 천룡표국의 백왕거들은 순식간에 그들의 전면에까지 다가와 있었다.

한쪽에 서서 천룡표국의 백왕거들을 바라보던 장재이의 눈이 커졌다.

"저, 저건."

"뭔가?"

"백왕거의 뒤쪽에 또 다른 상단이 달려오고 있는 것 같습니다. 마차의 생김새나 색으로 보아 천룡표국의 백왕거는 아닌 것 같습니다."

두 사람이 말을 하고 있는 사이에도 백왕거는 쉬지 않고 달려와 그들의 앞을 지나치게 되었다. 그리고 그제야 먼지 사이로 뒤쪽에 쫓아오는 마차들을 제대로 볼 수 있었다.

"처, 철마상단."

"천문의 철마상단 말인가?"

"그렇습니다."

"그렇군. 저건 분명 철마상단이야. 그럼 지금 이야기가 어떻게 되고 있는 것인가?"

"아무래도……."

장재이와 진대인은 서로 마주 보았다.

다음은 군이 말 안 해도 지금 상황을 짐작할 수 있었다.

그들의 생각을 증명이라도 하듯 철마상단의 뒤로 약 십여 명의 사람이 말을 탄 채 쫓아가고 있었다. 그들은 모두 서로 안면이 있는 사람들로, 각 상단의 대표나 표국의 대표 급에 속하는 인물들이었다.

마침 지나가는 사람들 중에 장재이의 친구인 해성표국의 우하령이 그들을 지나치다가 급히 말을 멈추었다.

장재이가 급히 물었다.

"대체 무슨 일인가?"

"보면 모르나? 시합일세. 철마상단과 천룡표국이 사막을 가로질러 누가 먼저 북경에 도착하는지 경쟁을 하고 있단 말일세. 여기서 이기는 자가 사주지로의 왕이 될 것일세. 그럼 나 먼저 가겠네!"

우하령이 말에 박차를 가해 달려간다.

장재이는 마른침을 삼키곤 말했다.

"드디어 터졌군요."

"우리는 행운아군."

"어떻게 하시겠습니까?"

"어떻게 하긴."

그들이 결론을 내리고 있을 때에도 두두두 하는 소리와 함께 철마상단이 점점 멀어지고 있었다. 그리고 우하령의 말을 들은 표사들과 상단의 하인들이 사방에서 환호성을 터뜨리고 있었다. 그들 대부분은 철마상단을 응원했다.

거친 사막을 헤치며 살아온 표사들과 상단의 노련한 상인들이었다. 굳이 누가 상황을 설명하지 않아도 천룡표국과 철마상단의 깃발을 보고 어떤 일인지 금방 눈치 챘던 것이다. 그렇지 않아도 요즘 철마상단에 대한 이야기가 사주지로의 최고 화젯거리였다.

상인들이나 중소표국들은 철마상단이 백호상단을 꺾어주길 기대하고 있었다. 특히나 철마상단이 최근 강호의 절대자로 떠오른 투왕 관표와 무후가 다스리는 천문 소속이란 점에서 더욱 기대를 모으게 했다.

그 두 개의 상단이 드디어 사막에서 직접적인 경쟁을 하고 있는 것이다. 상단이나 표국의 표사들이 환호하는 것은 당연했다.

"누가 이길까요?"

"그거야 백타를 지닌 천룡표국이……."

"꼭 그렇진 않다고 생각합니다. 근래 철마상단의 행적을 보면 백타보다 오히려 더욱 빠르게 사막을 질타하는 것 같습니다. 사막을 오가는 표사들의 이야기를 들어보면 그들은 밤에도 쉬지 않고 달린다고 합니다."

"설마, 그렇게 하면 말들이 지쳐서 죽고 마네."

"그렇지만 철마상단의 주인은 투왕 관 대협입니다. 그는 지금까지 무수히 많은 기적을 이루어낸 대영웅입니다. 결코 쉽게 지지 않을 것입니다."

"아무리 그래도……."

"전 철마상단에 걸겠습니다. 지더라도 상관없습니다."

"흠, 그런가? 그렇다면 이러고 있을 때가 아니지."

진대인의 말에 장재이의 입가에 미소가 떠올랐다.

"말리신다면 표행이고 뭐고 다 때려치울 판이었습니다."

"내가 왜 말리나. 나도 궁금해 죽을 지경인데."

"그렇다면 만약을 위해서 말을 두 마리씩 더 가지고 가는 게 좋을 것 같습니다."

"그게 좋겠군."

"모시겠습니다."

"서두르세."

장재이가 표사들이 있는 곳으로 달려왔다.

"가장 튼튼한 말 네 마리를 가져와라!"

고함 소리에 표두들이 급하게 말을 준비해 왔다.

"육 표두."

사십대의 거한이 달려왔다.

장재이를 제외하면 가장 무공이 강한 표두였다.

"부르셨습니까?"

"내가 돌아올 때까지 이곳 표두들과 표사들은 자네가 관리한다."

"예? 하지만 표두님……."

"뭔가?"

"저도 함께 가고 싶습니다."

"안 돼. 자네마저 가면 여긴 누가 맡는가?"

"오 표두가……."

"오 표두도 쫓아가려 할 것일세."

"그럼 표두 그만두겠습니다."

"내가 온 다음에 그만두게."

"헉! 국주님, 제발……."

"그럼 수고하게."

냉정하게 말한 장재이가 돌아서자 진대인 역시 다른 사람에게 상단의 일을 부탁한 후 다가오며 말했다.

"백타가 아무리 빠르고 강인해도 우리가 탄 말은 사람만 태운 데다 예비로 말 두 마리씩을 더 가지고 가니 충분히 쫓아가면서 구경할 수 있을 것일세."

"그럼 출발하겠습니다."

"가세."

두 사람이 말에 박차를 가하자 두 마리의 준마는 두 개의 상단이 간 곳을 향해 무섭게 달리기 시작했다.

그들의 뒤로 네 마리의 말이 투레질을 하면서 쫓아갔다.

반 시진이 지났다.

"왕 표두."

"예, 부국주님."

"철마상단의 마차들이 어디쯤 오는가 살펴보게."

"잠시만 기다리십시오."

그렇지 않아도 궁금해하던 참이었다. 그리고 점심 후엔 자신이 마차를 몰기로 되어 있었는데 계속 부국주가 몰면서 심심하기도 하였다.

왕명환의 몸이 마차에서 튀어나와 가볍게 지붕 위로 올라갔다.

뒤쪽을 살핀 왕명환의 얼굴에 곤혹스런 표정이 떠올랐다.

자신이 생각한 상황과 조금 다른 것이다.

지금쯤이면 상당히 멀어져서 기진맥진하리라고 생각했는데 상대는 아직도 백오십 장의 거리를 유지한 채 잘 따라오고 있었다.

"아직은 잘 쫓아오고 있습니다."

"흠, 정말 대단하군."

"그러게 말입니다. 아무래도 굉장한 보마들을 구한 것 같습니다."

"아무리 보마라고 해도 한계라는 것이 있게 마련이지."

"반 시진 후면 결판날 거라 생각합니다. 그것도 길게 잡아서지만."

"지금까지만 해도 정말 대단한 것일세."

사실 그랬다. 지금처럼 기를 쓰고 전력을 다해 달리는 것은 평소 단순하게 달리는 것보다 몇 배는 더 빨리 지치게 마련이었다. 그런데 몇 시진을 저렇게 달릴 수 있다는 것은 철마상단의 말들이 보마 중에서도 최고의 보마들이란 증거였다.

"그건 그렇습니다. 하지만 그것도 여기까지일 거라 생각합니다."

"좋아. 속도를 조금만 더 올려볼까?"

"백타들에겐 아직 약간의 여유가 있을 겁니다."

구동환의 입가에 미소가 어렸다.

마차들이 조금 더 빠른 속도로 달리기 시작했다.

몇 개의 작은 상단들을 지나쳤지만 그들은 눈에 들어오지도 않는다.

철마상단의 뒤쪽에 바싹 붙은 총표두 장재이와 진대인은 경탄을 하고 있었다.

그렇게 달렸는데도 속도가 전혀 줄지 않고 있었던 것이다.

"정말 대단합니다, 진대인."

"그러게 말일세. 백타야 그렇다 쳐도 철마상단의 말들은 대체 어디 종자이기에 이리도 대단하단 말인가? 내 차후에 반드시 이 말들을 구입하고야 말겠네."

"저희 표국에서야말로 이런 말들이 절실하게 필요한 상황입니다. 후에 천문에 한번 가봐야겠습니다. 그런데 저런 보마를 팔지 모르겠습니다."

"그래도 흥정은 해봐야지. 허, 그러고 보니 수많은 사람들이 벌 떼처럼 달려들겠군. 뭐, 어차피 저런 보마를 다른 경쟁 표국이나 상단에 팔지는 않겠지만."

몹시 아쉬운 표정이었다.

당연히 그럴 것이다.

"그건 그렇고, 이거 갈수록 흥미진진합니다. 철마상단이 이 정도로 해줄 줄은 예상하지 못했는데."

"나도 놀라는 중일세. 그런데 사람이 점점 느는군."

진대인의 말을 듣고 장재이가 뒤를 돌아보니 수많은 사람들이 그 뒤를 따르고 있었다.

그들은 모두 작은 표국의 국주들이거나 상단의 단주 급 이상의 인물들이었다.

그중엔 몇몇 무인들도 보였다.

진대인은 고개를 흔들었다.

"지나치는 상단마다 한두 명씩 따라붙는군."

"왜 아니겠습니까? 이런 일이 일생에 몇 번이나 있다고 놓치려 하겠습니까? 그리고 이번 대결에서 사주지로의 지배자가 탄생할지도 모르는데, 어찌 그냥 지나칠 수 있겠습니까? 마침 황궁에서 페르시아나 먼 타국의 물품을 구입하는 날이 가까웠기에 상단이나 표국의 수도 평소에 비해서 엄청나게 많은 때이니 이번 승부는 순식간에 소문이 날 것입니다."

"그렇겠지. 이거 가슴이 두근거리는군."

두 사람은 기분이 들뜨는 것을 느꼈다.

第八章
괴수마왕(怪獸魔王)
—천문의 영화가 마왕의 등을 타고 달린다

철마상단의 마차 안.

관표와 백리소소가 함께 앉아 있었다. 그리고 그들의 앞에는 장충수와 장칠고가 나란히 앉아 있었다.

장충수가 입가에 고소를 띠고 말했다.

"주모님의 생각을 못 믿은 것은 아니었지만 저렇게 쉽게 걸려들 줄은 몰랐습니다."

"저들이야 질 거란 생각을 전혀 하지 않을 테니 어찌 보면 당연한 일이지요."

"하긴, 많은 사람들이 보는 곳에서 우리를 눌러 버릴 절호의 기회인데 놓치지 않으려 하겠지요."

장충수는 생각만 해도 우스웠다.

생각해 보면 죽은 시체와 싸우려는 천룡표국의 부국주가 불쌍하기도 하고 어이가 없기도 했던 것이다.

강시마야 아무리 달려도 지치지 않고 죽을 일도 없었다. 사막에서 가장 필수인 물조차 안 마셔도 문제가 없다. 그러나 백타야 어디 그럴 수 있겠는가? 아무리 영물이라고 해도 살아 있는 생물이니 물도 마셔야 하고 잠도 자야 한다.

그리고 달리고 달리다 보면 지치고 말 것이다.

'싸우는 상대가 강시인 걸 알면 어떤 표정을 지을까?'

생각만 해도 통쾌하다.

문득 장충수는 백리소소를 바라보았다.

모든 것을 예상하고 이런 상황을 만든 백리소소가 더욱 대단하다는 생각이 들었다.

굳이 서둘러서 천룡표국이 떠난 날 아침에 출발하자고 할 때부터 지금 같은 일을 염두에 두었던 것이다. 사실 천룡표국이 덤비지 않으면 장칠고가 나서서 상대를 자극하고 시합을 강제로라도 만들 생각이었다. 그런데 그럴 필요도 없이 너무 쉽게 상황이 만들어진 것이다.

백리소소는 장충수를 보면서 조금 신중하게 주의를 주었다.

"그래도 방심해서는 안 됩니다."

"걱정하지 마십시오, 주모님. 결코 그런 일은 없을 것입니다."

백리소소는 생긋이 웃었다."

장충수는 슬쩍 마차 밖을 보면서 말했다.

"이제 여기서 우리가 백왕거를 누르고 황궁에 납품하는 것만 잘한다면 철마상단은 탄탄한 기반을 쌓게 될 것입니다. 그리고 이렇게 얻어진 힘과 신용을 바탕으로 가을에 시작되는 녹림대시장을 더욱 큰 성공으로 이끌 수 있을 것이라 믿습니다. 이게 다 주군과 주모님 덕분입니다."

백리소소가 고개를 흔들었다.

"그게 어느 누구 하나의 힘으로 될 수 있는 일입니까? 장 단주님을 비롯한 천문의 모든 분들이 일치 단결한 결과입니다. 누구 하나의 공으로 돌릴 수 없는 문제입니다. 그리고 아직 우리는 이기지 못했습니다. 끝까지 집중력을 잃어선 안 됩니다."

"명심하겠습니다."

"황궁 쪽은 호치백 시숙께서 알아서 해주신다고 했으니 문제는 없을 것입니다. 그분은 시문에 능하고 사람을 사귀는 데 뛰어나 현재 재상이신 윤 대인과도 친구라고 들었습니다. 뿐만 아니라 황궁 요소요소에 친분있는 사람들이 많으니 문제없을 것입니다."

듣고 있던 관표가 말했다.

"설혹 그렇다 해도 우리가 그분들에게 해야 할 도리는 해야 할 것이오."

"당연히 그렇게 할 것입니다. 너무 걱정하지 마십시오, 가가."

관표가 안심한 표정으로 웃음을 지으며 말했다.

"그건 그렇고, 이번 일이 끝나면 강시마를 사겠다는 사람들이 꽤 될 텐데. 팔 수도 없고… 참 곤란할 것 같습니다."

백리소소도 가볍게 웃었고 장충수도 웃을 수밖에 없었다.

강시마를 팔 수는 없는 것이다.

우선 강시마의 존재 자체가 비밀이었다.

"우리에게 강시마는 철마상단의 근간입니다. 당연히 말을 팔지 않는다고 시비를 걸 사람은 없을 것입니다."

"그렇기야 하겠지만, 우리 말에 궁금해하는 사람들은 더욱 많아질 것입니다. 보안에 철저해야 할 것입니다."

백리소소가 마차 밖으로 달리는 강시마를 힐끔 보면서 말했다.

"보안은 걱정하지 마세요. 알고 있는 내가 보아도 실제 말과 구별할 수 없을 정도니 우리만 입을 다물면 문제없을 것입니다. 뭐, 나중에 들킬 것을 염려해서 미리 대책을 준비해 놓긴 하겠습니다만."

관표가 고개를 끄덕이며 신뢰의 시선으로 백리소소를 바라보았고, 백리소소는 손으로 입을 가리면서 가볍게 웃었다.

참으로 맑고 아름다운 모습이었다.

그녀는 마차 안에서 면사를 벗고 있었다.

다시 반 시진이 지나갔다.

백왕거 위로 올라서서 뒤쪽을 본 왕명환의 입가에 미소가 사라졌다.

"부국주님, 아직도 쫓아오는 중입니다."

구동환은 조금 이해할 수 없다는 표정으로 중얼거렸다.

"그럴 리가 없을 텐데. 대체 어떤 말들이기에?"

"저도 이해할 수 없습니다."

"좋아, 저 자식들의 말이 대단하다는 것은 인정하지. 하나 아무리 그래도 백타는 사막의 왕이다."

구동환은 고함을 지르며 백타를 몰아댔다.

'그래, 잠깐이다. 잠깐이면 승부는 끝난다.'

그가 아는 상식에서 어떤 말도 백타를 이길 순 없었다. 특히 사막에 서라면 그것은 더욱 확신할 수 있었다.

그런 면에서 지금까지 백왕거와 경주해 온 철마상단의 말들은 거의 괴물 급이라고 할 수 있었다. 그러나 그것은 바보 같은 짓이다. 곧 철마상단의 말들은 거품을 물고 쓰러질 것이다. 그리고 다시는 일어서지 못할 것이다.

구동환은 그렇게 믿었다.

아니, 그것은 세상에 알려진 아주 지극히 일반적인 상식이었다.

아무리 명마라도 말은 말이다.

사막이 집이나 마찬가지인 낙타를 이길 순 없다. 더군다나 낙타 중에서도 낙타라 할 수 있는 영물이라면 더욱 자명한 일이다.

이는 물속에서 물고기와 독수리가 시합을 하는 것과 같은 이치라 할 수 있었다. 독수리가 아무리 강해도 물속에서 물고기와 시합해서 이길 수 있겠는가? 없을 것이다.

그것이 구동환의 생각이었다.

그는 마음이 조금씩 초조해지자 이상한 비유까지 동원해서 자신을 다독이고 있었다.

다시 반 시진이 지났다.

"왕 표두, 철마상단을 살펴보아라."

마차 위로 올라갔던 왕명환이 내려왔다.

"안 보이나? 당연히 처졌겠지. 후후."

"그… 그게……."

구동환이 힐끔 왕명환을 보았다.

"뭐냐?"

"가까워졌습니다."

"그게 무슨 말이냐?"

"철마상단이 삼십 장까지 다가와 있습니다."

"뭐… 뭐라고!"

구동환은 하마터면 마차에서 떨어질 뻔했다. 그러나 곧 그의 얼굴에 실소가 떠오른다.

"왕 표두도 농담을 다 하는군."

"부국주님이 직접 확인해 보십시오."

구동환은 잠시 왕 표두의 얼굴을 보았다.

딱딱하게 굳어 있는 그의 얼굴은 무슨 괴물을 보고 온 듯한 표정이었다. 순간적으로 불길한 생각이 치밀어 오른다.

"잠시 고삐를 쥐게."

구동환은 던지듯이 말의 고삐를 완명환에게 쥐어주고 마차 위로 올라갔다.

"컥!"

구동환은 자신도 모르게 숨을 내뱉고 말았다.

철마상단의 마차가 바로 뒤쪽에 따라붙었던 것이다.

놀랍게도 불과 이십 장의 거리까지 다가와 있었다.

삼십 장이 아니라 이십 장.

왕 표두가 마차 아래로 내려온 사이에 십 장이 넘는 거리를 다시 따라붙은 것이다. 그런데 그러고도 철마상단의 마차는 속도가 줄지 않았다.

그뿐이 아니었다.

그들의 저 멀리 뒤쪽으로 수십 명의 사람들이 뒤에 말 한두 마리씩을 달고 쫓아오는 모습들이 보였다.

상황을 한순간에 알 수 있었다.

구동환은 마차 위에 주저앉고 말았다.

"있을 수 없는 일이다. 이건 있을 수 없는 일이야!"

그러나 눈앞에서 벌어지고 있는 일이었다.

고개를 흔들었다.

그러고 보니 지금 상황을 조금 이해할 수 있을 것 같긴 했다.

"그래, 그런 것이었군. 흐흐, 놈들도 이제 끝을 보이는구나."

"무슨 뜻입니까, 부국주님."

"지금 철마상단은 더 이상 버틸 수 없는 지경에 달한 것이네. 그래서 마지막으로 발악을 하는 것이지. 지기 전에 단 한 번이라도 앞서보고 지려는 거야."

왕명환이 듣기에도 그럴듯하게 들렸다.

"정말 그럴지도 모릅니다."

"모릅니다가 아니라 분명해. 좋아! 이놈들, 어디 한번 당해봐라!"

구동환이 벌떡 일어서서 다시 마부석으로 내려왔다.

왕 표두에게서 고삐를 잡아챈 구동환이 말했다.

"넌 뒤의 마차를 타라. 난 끝까지 승부를 걸겠다. 그리고 단 일순간도 선두를 내주지 않기 위해서 전력을 다해 달리겠다! 단주님에겐 내가 저 마차를 모는 말들의 숨이 넘어갈 때까지 몰아간 후 멈추겠다고 전해라! 단 한 번이라도 선두를 내줄 순 없다. 이미 저들을 상대로 너무 많은 시간을 끌었다. 이는 천룡표국의 자존심이 걸린 일이다!"

"승부군요."

"그래. 이제 마지막 승부의 순간이 왔다고 생각한다. 절대 질 수 없지."

"그 말이 맞습니다. 이미 이 승부는 단순한 승부가 아니게 되었습니다. 그래서 저도 남겠습니다. 부국주님의 말씀이라면 마차 안에 있는 표사에게 시키면 됩니다. 이건 천룡표국의 명예가 걸린 일입니다. 끝까지 지켜보고 싶습니다."

구동환은 잠시 왕 표두를 바라보다가 고개를 끄덕였다.

"좋아. 그럼 표사에게 말을 전하라 하고 우린 끝까지 가자."

"명!"

고함을 친 왕명환은 마차 안에 있는 수련 표사에게 지금 상황을 전하게 했다.

표사는 두 사람에게서 백타술을 배우기 위해 같은 마차에 타고 있던 자였다.

표사는 이미 상황을 알고 있었기에 두말하지 않고 신법을 펼쳐 뒤쪽에 있는 마차로 옮겨 탔다. 그리고 그때 철마상단의 마차들은 뒤에서 천룡표국의 백왕거들을 하나씩 따돌리고 있었다.

구동환과 왕명환은 결코 서두르지 않았다.

철마상단의 말들이 무리할수록 자신들에겐 유리하기 때문이었다.

단지 선두만 안 내주면 된다.

두 사람은 철마상단의 마차들이 자신들이 모는 백왕거 근처까지 오기를 기다렸다. 그리고 그때는 전력을 다해 달릴 것이다. 따라붙었다고 생각하는 순간 멀어지면 힘이 빠지고 더욱 힘들어질 것이다.

철마상단에서는 선두에 있는 네 마리의 백타가 다른 백타들과 또 다르다는 것을 모르고 있을 것이다.

구동환은 마차를 몰고 있는 네 마리의 백타를 보았다.

아직 충분히 힘이 남아 있다는 것을 느꼈다.

'감히 타왕에게 사막에서 도전을 하다니. 그게 얼마나 어리석은 짓인지 곧 알게 될 것이다.'

다시 이각의 시간이 지났을 때 철마상단의 마차들 중 선두가 그들과

말 머리를 나란히 하기에 이르렀다. 구동환과 왕명환은 서로를 힐끔 바라보았다.

앞은 거대한 사막이 끝없이 펼쳐져 있고, 마차 수십 대가 나란히 달려도 문제가 없는 황량한 벌판이 이어지고 있었다.

구동환은 신중하게 백타들을 다루었다.

너무 많이 앞서 갈 필요는 없다.

이미 상대가 대단하다는 것을 어느 정도 인정한 다음이다.

철마상단의 마차는 속도가 일정했다.

어느 정도 다가왔다 싶은 순간 구동환이 고함을 질렀다.

"달려라!"

그 말이 떨어지는 순간 네 마리의 백타가 갑자기 속력을 내기 시작했다. 구동환과 왕명환이 끄는 마차를 제외한 백왕거들이 조금씩 앞서 나가기 시작했다. 그리고 철마상단의 말들도 일제히 속력을 낸다.

진대인을 비롯해서 철마상단의 뒤를 쫓는 사람들의 얼굴은 흥분으로 가득했다. 설마설마했는데 철마상단의 철마들은 정말 백왕거들과 당당하게 겨루고 있었던 것이다.

장재이가 고개를 흔들면서 말했다.

"정말 대단합니다. 먼저 쫓아온 사람들의 말을 들으며 중호룡에서부터 한 번도 쉬지 않고 달려왔다고 합니다. 그런데 지친 기색이 없습니다. 쫓아오던 사람들이 오히려 말이 지쳐 떨어지고 말았으니 말이 안 나옵니다."

"백타야 사막의 영물이라 그렇다 치고, 아무리 사두마차라 해도 저렇게 큰 마차에 짐을 잔뜩 실은 마차를 사람 하나 태운 말들이 쫓아가지 못하고 주저앉았다는 것 자체가 있을 수 없는 일이네. 이미 기적은 만들어졌다고 봐야지."

"혹시 정말 저러다가 백타가 지기라도 하면 어찌 되는 것입니까?"

"그게 정말 그럴 수가 있는 것인지……?"

"지금 다른 백왕거들은 이미 뒤로 처지고 있습니다. 그런데 철마상 단의 말들은 모두 일정한 속도를 유지하면서 조금도 처지지 않고 있습니다. 지금 상황만으로도 천룡표국의 백타들이 진 셈입니다."

"허, 이거 참. 나도 지금으로선 뭐라고 말을 못하겠네."

"제가 보기에 철마상단의 철마들은 속도가 더욱 붙는 것 같습니다."

"속도가 늘었다기보다는 계속 일정하다고 봐야 하네. 다른 말들이 지쳐서 그들이 빨라 보인다고 할까? 그래도 정말 대단하군. 아니, 이건 정말 믿을 수가 없어. 대체 철마상단의 말들은 물도 안 마시고 잠도 안 잔단 말인가?"

장재이 국주도 황당한 표정으로 달리고 있는 철마상단을 보고 있었다. 부지런히 말을 몰면서. 여전히 그들에겐 예비마들이 뒤를 받치고 있었다.

백왕거를 몰고 또 몰았다.

그렇게 좋아하던 수평선이 오늘따라 아득하기만 했다.

진땀이 난다.

다시 반 시진.

구동환은 기가 막혔다.

철마상단의 말들은 속도가 떨어지지 않고 있었다.

대체 어떤 종자의 말들이란 말인가?

구동환은 철마상단의 말들을 보고 이를 갈았다. 어느새 철마상단의 선두 마차가 자신의 백왕거와 함께 나란히 달리고 있었다.

'저것들은 처먹지도 않나? 아니, 물도 안 마시나.'

의구심이 들었다.

자신의 백타들은 물이라도 먹였다. 그런데 물 한 모금 안 마신 것 같은 철마상단의 말들은 속도조차 줄지 않은 채 여전히 달리고 있었던 것이다.

그것도 열 대의 마차가 한 치의 흔들림도 없이.

문득 그 말들이 무서워진다.

자칫하면 말 공포증이 걸릴 것 같았다.

'빌어먹을. 오냐, 네가 얼마나 버티나 보자! 그러다 모두 뒈지지.'

욕설을 퍼부었지만 구동환은 철마상단의 말들이 죽은 말이란 사실을 알 턱이 없었다.

강시마가 물을 마실 이유가 없었다.

물론 지칠 이유도 없었다.

불쌍한 것은 백타들뿐이었다.

달리고 또 달리고…

다시 시간이 흐르면서 날이 어두워지고 있었다. 그러나 철마상단의 말들은 여전히 그 속도였고, 백왕거는 조금씩 속도가 떨어지고 있었다.

"으으……."

구동환은 이를 악물었다.

몸이 부르르 떨린다.

"왕 표두."

"넷!"

"마차 안의 짐을 전부 버려라."

"헉!"

왕 표두가 놀라서 구동환을 바라본다.

구동환의 눈동자가 번들거리고 있었다.

왕 표두는 두 주먹을 불끈 쥐었다가 놓았다.

이해가 됐던 것이다.

자칫하면 타왕이란 별호도 버려야 한다.

그것뿐이 아니다.

사막에선 백타가 최고였다라는 신화도 이제 버려야 한다.

멈추기엔 이미 너무 많은 눈들이 지켜보고 있었다.

반드시 이겨야 한다.

얼마 전까지만 해도 이긴다는 확신이 있었다. 그러나 이젠 불안했다. 어쩌면 질지도 모른다는 생각마저 들었다.

'그래, 물건이야 뒤쪽에 있는 백왕거만 해도 충분하다. 그게 중요한 것은 아니다.'

왕 표두는 백왕거의 뒤쪽을 공력으로 부수고 물건들을 밖으로 버리기 시작했다, 조금이라도 백왕거를 가볍게 하기 위해서.

철마상단의 뒤쪽을 쫓는 장재이의 표정이 굳어졌다.

"누군가가 물건까지 버렸습니다."

진대인 역시 바닥에 버려진 물건을 보고 고개를 끄덕였다.

그는 눈앞에 펼쳐진 마차 바퀴 자국을 보고 있었다. 이미 다른 백왕거들은 뒤쪽으로 처져 있었기 때문에 단 한 개의 바퀴 자국만이 있는 오른쪽.

"믿을 수 없군. 이건 천룡표국에서 버린 물건들이군."

"그렇습니다. 이거 정말 철마상단에서 이기는 건 아닐까요?"

"허허, 믿을 수 없군. 사막에서 백타보다 빠르고 지구력이 강한 말이 세상에 존재할 수 있다니……."

"보고도 믿기지 않는 일입니다. 하지만 아직은 백타보다 위라고 말할 순 없습니다, 아직은. 아니, 열 대가 나란히 달리고 있으니 이미 이긴 것인가? 허허."

"그렇지. 이거 정말 흥미진진하군. 혹시 말들에게 약이라도 먹인 게 아닐까요?"

"약을 먹인다고 해서 이렇게 달릴 수 있다고 생각하나? 만약 정말 그렇다면 뒤에 가서 결국 들통나고 말 것일세. 지금 보는 사람들이 한둘인가?"

"그렇지 않으면 이걸 어떻게 설명할 수 있단 말입니까?"

"그걸 왜 나에게 묻나? 난 천문의 사람이 아니고 철마상단과는 전혀 관련이 없는 사람일세."

"…그렇군요. 그건 그렇고, 우린 말을 갈아타야 할 것 같습니다. 벌써 지친 것 같군요."

"젠장. 마차를 끌고 가는 말들도 있는데."

"정말 괴물 같은 말들입니다."

"장 국주, 정말 말일까?"

"그게 무슨 말입니까?"

"말이 이럴 수가 있는가 해서 묻는 말일세."

"저도 믿어지지 않지만 보시지 않았습니까."

"그렇지. 허허, 이거 참."

진대인은 허탈한 심정이었다.

지금까지 알고 있던 말에 대한 상식이 전부 무너지는 것을 느꼈다.

백왕거에서 단 한 대의 마차만 앞으로 나가고 나머지 마차들이 뒤로 처질 때만 해도 그러려니 했다.

그저 한 대의 마차로 철마상단을 상대해서 자신들의 위력을 보여주려 하는가 보다 하는 생각도 했다. 철마상단이 이겨주길 바랐지만 설마했던 것이다. 그러나 이젠 정말 철마상단이 이길지도 모른다는 생각을 하게 되었다. 아니, 이미 이기고 있었다.

그들이 이럴진대 그런 말들하고 경쟁하는 구동환과 왕명환은 심정이 어떻겠는가? 구동환은 정말 미치기 일보 직전이었다.

지쳐 가는 백타들을 둘째고, 자신의 입에서 거품이 나올 것 같았다.

"저게… 저게 말이란 말인가?"

"아무래도 약을 먹인 것 같습니다."

"약 말인가?"

"지칠 때까지 달리다 죽는 흥분제 같은 게 있다고 들었습니다."

"그럼……."

"저 말들은 죽을 때까지 달리고 달리다 죽을 것입니다. 자신들이 지친 것도 모르고 그렇게 달리다."

"그, 그럴까?"

"그렇지 않으면 지금 상황을 설명할 수 없습니다."

"에잇, 간악한 놈들. 말들이 무슨 죄가 있다고."

구동환은 화가 났다.

그래, 저런 놈들에게 질 순 없다!

구동환은 이를 악물었다.

"달려! 달리고 달려서 정의가 무엇인지를 보여주어라!"

구동환과 왕명환의 눈에 광기가 어리고 있었다.

그렇게 백타가 끄는 백왕거와 철마상단의 강시마들은 끝없이 사막을 가로질러 달려나갔다.

자정이 가까워지면서 백타들의 속도가 눈에 띄게 늦어지고 있었다. 백타들은 입에서 조금씩 하얀 거품이 묻어 나왔다. 그러나 철마상단의 말들은 조금도 속도가 줄지 않는다.

이미 그들의 수십 장 앞에서 나란히 달려가고 있었다.

백타가 사막에서 남의 뒤를 보고 달리는 믿을 수 없는 일이 벌어진 것이다.

"으으, 달려! 달리란 말이야!"

구동환과 왕명환은 발을 구르며 채찍을 휘둘렀지만, 백타가 아무리 영물이라곤 하지만 피와 살로 만들어진 짐승이었다. 사력을 다해 달리던 백타들이 어느 순간 갑자기 멈추더니 풀썩 하는 소리와 함께 그 자리에 얌전히 엎어졌다.

"이이… 뭐야, 일어서 일어서란 말이다!"

구동환과 왕명환이 마차에서 뛰어내린 다음 백타들을 발로 차고 때렸지만 지쳐서 숨이 끊어진 백타들은 요지부동이었다.

뒤를 쫓아온 수많은 상단의 상인들과 표국의 표두들은 모두 넋을 잃고 바라본다.

"…정말 이겼군요."

"그러게 말입니다."

"보고도 믿기 어렵군."

"그들은 지금도 달리는 중입니다."

"허허… 그건 그렇고, 백타가 죽을 땐 사막 위에 얌전히 엎드린 채로 죽는다고 하더니 정말 그렇게 죽는군."

"불쌍합니다. 저 백타들이 무슨 죄가 있다고."

"저들은 구동환 부국주와 왕명환 표두인가?"

"그렇습니다."

"아무래도 제정신이 아닌 것 같군."

"이십 년 동안 백타가 최고라는 믿음이 깨진 데다 절대로 져선 안 되는 승부에서 졌다는 자책감으로 정신 분열이 된 것 같습니다."

"어쩌면 지금도 졌다는 것이 믿어지지 않고 있는가 보군."

"하긴, 저도 지금 상황이 쉽게 믿어지지 않습니다. 지켜본 저희도 지금 긴가민가하는 상황인데 저들은 오죽하겠습니까."

"대체 철마상단의 말들은 정말 말일까?"

진대인의 물음에 장재이는 침을 꿀꺽 삼키고 말았다.

"쫓아갈까요?"

진대인이 장재이를 바라보았다.

장재이가 정말 궁금하단 표정으로 말했다.

"어디까지 얼마나 저렇게 달릴 수 있을지 궁금합니다. 들리는 소문대로 밤에도 쉬지 않고 달리는지 알고 싶습니다."

"나도 궁금하네."

"그럼……."

"가세. 가서 확인해 봐야지, 과연 소문이 얼마나 진실일지."

"바라던 바입니다."

두 사람이 다시 말을 몰아 달리기 시작하자 그 자리에 있던 사람들도 일제히 달리기 시작했다. 그러나 그들은 하루 밤낮을 더 달려 철마상단을 쫓다가 모두 포기해야 했다.

세 마리의 말을 번갈아 가며 바꿔 타고 쫓아가도 철마상단의 말들은 멈추지 않았던 것이다.

단 한 번도 멈추지 않은 채 밤낮 없이 달리는 철마상단의 말들은 경이 그 자체였다.

그제야 상인들은 철마상단의 표행이 천룡표국의 표행에 비해서 배가 빠르다는 소문을 믿을 수 있었다.

구동환은 멍하니 하늘을 바라보았다.

유난히 맑은 달이 참으로 처량하기만 했다.

'그래, 이건 꿈이다. 꿈을 꾼 거야. 하하. 얼른 깨야지, 일어나면 아무 일도 아닌 것을.'

구동환은 환하게 웃고 있었다.

철마상단과 천룡표국의 사막 결전은 강시마의 승리로 끝났다.

쉬지 않고 달려도 지치지 않고 먹지 않아도 되는 강시마였다.

백타가 제아무리 영물이라고 해도 뼈와 살로 이루어진 이상 이겨낼 방법이 없었던 것이다.

그걸 몰랐던 구동환과 왕명환만 불쌍하게 되고 말았다.

이 한 번의 대결은 사주지로의 판도를 바꾸는 전환점이 되었다. 원래 강시마와 백타의 속도는 비슷한 정도였다. 어떻게 보면 백타가 조금 더 빠르다고 할 수 있었다. 그러나 백타는 먹지도 않고 쉬지도 않고 계속 달릴 수는 없었던 것이다.

천룡표국으로서는 기가 찰 노릇이었지만 어쩌랴.

그날 이후 철마상단의 말들을 일컬어 괴수마왕(怪獸魔王)이라고 부르게 되었으며 사막에는 다음과 같은 노래가 수많은 표사들과 상인들에게 불려지게 되었다.

사막의 불은 꺼져도,
말발굽 소리는 천 리를 헤아린다.
철마의 꼬리는 황사를 헤집고,
백타는 사막에서 별이 되었다.
백일을 쉬지 않고 달려
북경에서 물을 마시면 다시 백일이 지나야
함께 떠난 친구가 도착하려나.
천문의 영화가 마왕의 등을 타고 달린다.

第九章
녹림광장(綠林廣場)
―세상의 모든 물건은 이곳으로 모인다

가을이 다가오고 있었다.

한 해 동안 강호무림과 상계는 여러 가지 큰 사건이 있었다. 그리고 그 중심에는 천문과 투왕, 그리고 무후가 있었다. 무림에선 두 사람의 결혼식이 가장 큰 사건이었고, 상계에서 최고의 화제는 단연 천문의 철마상단이었다.

사주지로의 절대강자로 천산남북로의 무역을 독점하던 백호상단과 천룡표국의 기세가 철마상단에 의해 완전히 꺾인 것이다.

이는 강호의 상계에 엄청난 회오리를 불러일으켰다.

이미 사막에서 있었던 질주의 대결은 강호무림에서 모르는 사람이 없었고, 황궁에 페르시아 물품을 납품하던 것도 철마상단이 우선권을 따냈다.

상계에 철마상단의 이름은 그것으로 끝난 것이 아니었다.

어떤 식으로 물건을 보관하고 수송하는지 모르겠지만, 섬서 지방에서 도저히 구하기 불가능하다고 생각했던 특산품들을 세상에 내다 팔기 시작한 것이다.

그 양이 많은 것은 아니지만 그것이 상계에 던져 준 충격은 매우 컸다.

그들이 소량으로 내다 팔기 위한 물건 중에 가장 충격적인 몇 가지 물건들은 다음과 같았다.

우선 그중에 한 가지는 과일들이었는데, 남도에서나 맛볼 수 있다는 봉리와 감초 등을 서역이나 북쪽 지방에 가져다가 팔았다. 그러나 그것은 놀라운 것이 아니었다.

북해빙궁의 보물이라고 하는 설연용정차는 물론이고 보관이나 운반이 가장 어렵다는 설영작음차까지 거래를 하였다. 문제는 단순하게 필았다는 자체가 아니었다.

설영작음차가 가을에 나타난 것은 아직까지 단 한 번도 없던 일이었다. 보관상의 어려움 때문이었다. 더군다나 사막이나 남쪽 지방에까지 그것을 가져다 팔았다고 한다. 이것은 천문에서 설영작음차를 완벽하게 보관하고 운반하는 방법을 알고 있다는 말과 같았다.

그렇다면 그 부가가치는 상상할 수도 없을 정도로 높아진다. 그리고 가을엔 천문이 그 특산품들을 작은 상단들에게 판다는 소문까지 돌기 시작했다. 그리고 그 대상 상단들에게 초청장이 발부되었다는 이야기가 돌면서 모든 상계의 귀와 눈이 모과산으로 쏠렸다.

모과산, 천문이 있는 녹림도원의 입구 광장.

수많은 강시들이 열심히 나무를 나르고 있었으며, 다른 강시들과 천문의 수하들이 한쪽에서 땅을 평평하게 다듬고 있었다.

또한 일부 무사들은 검으로 숲의 나무를 잘라 광장을 넓히고 있었는데, 지금 조성되어 있는 광장의 크기만 해도 능히 이만 평 가까이 되었다.

황량할 정도로 넓은 광장이었다. 그리고 광장 주변으로는 수십 채의 건물이 들어서고 있었다.

능숙하게 마무리 작업을 하는 목수들의 얼굴엔 뿌듯한 자부심이 어려 있었다.

광장 한쪽에 있는 대 위에서 작업을 지켜보던 관표가 자신의 옆에 서 있는 반고충에게 물었다.

"사부님, 이제 슬슬 마무리가 되어가는 것 같습니다. 시간 안에 모든 것은 완성되겠지요?"

"걱정하지 말게. 모든 것은 순조롭게 진행되고 있으니 문제없을 것이네."

"그래야지요. 드디어 우리가 꿈에도 그리던 숙원 사업이 완성되는 순간입니다."

그 말을 받은 것은 관표의 오른쪽 뒤쪽에 있던 백리소소였다.

"가가께서는 무척 설레나 봅니다."

"당연하지 않겠소."

"호호, 투왕답지 않으세요."

그 말에 관표는 그저 엷게 미소를 지을 뿐이었다.

반고충이 웃으면서 말했다.

"그럼 이제 천천히 운하를 만들고 있는 곳으로 가보세."

"저도 바라던 바입니다."

백리소소도 즐거운 듯 말했다.

"후후, 드디어 오늘에야 운하가 완공되는군요."

"운하는 아주 중요한 수송 수단이오. 그곳을 통해서 양자강과 강남까지 단숨에 이동할 수 있을 것이오. 또한 이 운하를 통해 어디든 물자를 보내고 받을 수 있을 것이며, 지금 녹림대시장이 성공적으로 된다면 강남에서 이곳으로 오고자 하는 사람들을 실어 나르는 것 또한 그 운하를 통해서일 것이오. 뿐만 아니라 녹주현과 녹림대시장이 열리는 여기 녹림광장 사이에 정기선을 운행하면 아주 유용하게 될 것이오."

백리소소는 이미 그 말의 의미를 알고 있었다.

양자강의 지류인 한수의 한 지류가 모과산에서 멀지 않은 곳까지 뻗어 있었다. 지금 운하는 이 한수의 지류까지 연결되어 있어서 머나먼 강남까지 단숨에 이동할 수 있게 만드는 것이다.

원래 새롭게 마을을 조성하는 녹주현까지만 운하를 팔 생각이었다가 녹림광장까지 파게 된 것은, 조금 더 빠르고 편하게 물자를 운반할 수 있게 만들고 싶었기 때문이다.

"참으로 멋진 생각이에요. 더군다나 노를 젓는 것은 강시들이니 지치지도 않고, 그 외에 별다른 돈도 들어가지 않을 겁니다. 그리고 녹주현까지는 강시마가 끄는 정기 마차편도 있으니 사람이 오가는 데 전혀 문제가 없을 거예요."

그 말을 들은 관표가 빙긋이 웃었다.

강시들이 참으로 유용하게 쓰이는 것이다.

자칫했다가 강시 학대자로 오해받을지도 모른다는 생각이 불현듯 들었다. 어찌 보면 죽어서도 편히 쉬지 못하는 그들이 불쌍하기도 했지만, 그들은 능히 그렇게 당해도 싼 자들의 시체를 이용한 강시들이라 그것으로 위안을 삼았다.

녹림광장 바로 앞까지 파여진 운하는 멋진 선착장으로 마무리되었
다.

돌을 쌓아서 만든 선착장은 아무리 폭우가 쏟아지고 태풍이 불어도
끄떡없이 버틸 만큼 튼튼하고 단단하게 만들어졌다.

운하의 바닥과 양옆의 매무새도 역시 돌을 쌓거나 거대한 바위를 통
째로 들어다 쌓았기에 얼핏 보기에도 단단해 보였다.

천문의 제자들과 녹림도원의 사람들이 전부 모여서 환호하는 가운
데 운하 준공식을 마친 관표와 백리소소는 비룡당 당주 황하동경 유대
순의 인도하에 준비된 배로 올라갔다.

이 배는 녹림광장과 녹주현을 오가는 사람들을 정기적으로 실어 나
를 배였다.

배는 커다란 돛을 달고 아래에는 좌우로 각각 열 개의 노가 달려 있
었다. 바람이 있을 땐 돛으로 움직이고 바람이 잔잔하면 노를 젖게 만
들어진 배였다.

유대순이 짧게 휘파람을 불자 강시들이 일제히 노를 젖기 시작하면
서 배가 서서히 움직인다.

녹림광장에서 자칭 녹주현이라고 이름 붙인 곳까지는 약 십 리 정도
되었다. 강시들이 노를 젖는 배는 눈 깜박할 사이에 녹주현에 도착하
였다.

녹주현에서는 조공과 천기당의 수하들이 관표를 기다리고 있었다.

녹주현.

관표가 심혈을 기울여 만든 마을의 이름이었다.

마을이라고 말하기에는 너무 크지만 현재로선 그렇게밖에 부를 수 없는 곳이었다.

관표는 녹림광장의 시장이 성공하면 각 상단들이 이곳에 지점을 설립하거나 투자해 들어오기를 바라고 있었다. 그리고 그것은 충분히 가능한 일이었다.

물건을 보관하는 냉동 창고들은 녹림도원 근처에 전부 모여 있고, 거기서부터 물건을 이동시킨다.

그러려면 각 상단의 사람들이 이곳으로 모여들어야 할 것이다. 그리고 계속해서 거래를 하려면 누군가가 이곳에서 상주해야 할 것이다.

바로 이곳이 그래서 필요한 것이다.

이곳을 중원의 중호룡으로 키우고 싶은 것이 관표의 바람이었다.

아니, 중호룡의 몇 배가 되어야 했다. 그리고 그렇게 될 것이다.

백리소소와 그의 계산대로 된다면.

녹주현은 넓은 도로들이 사방으로 뚫려 있었고, 도로를 중심으로 수많은 건물들이 들어서 있었지만 그 건물들은 거의 텅 비어 있었다.

도로는 마차 여섯 대가 나란히 달릴 수 있을 만큼 넓었는데, 특히 중앙대로는 마차 여덟 대 이상도 충분히 지나갈 정도로 넓었다.

중심가에 있는 거대한 기루와 도박장, 그리고 다섯 개의 거대한 객점과 다루 등은 천문에서 직접 운영하는 곳으로 벌써부터 불이 밝혀져 있었다.

몇 채의 큰 누각엔 이미 선점되어 들어온 몇몇 상단이 짐을 풀다가 관표를 보고 와서 인사를 한다.

먼저 들어온 곳은 백리세가의 백가상단, 십도맹의 비룡상단 등이었으며, 그 외에 종남파의 천하상단과 하북팽가의 팽가이현상단들이었다.

이 상단들은 모두 관표와 직간접적으로 관련있는 상단들로 관표의 이야기를 듣고 미리 들어온 것이다.

이들 외에 아직 녹주현에 대한 정보는 다른 곳에 누설하지 않았다. 첫 장이 열리면 자연히 알려질 것이다.

녹주현을 둘러본 관표의 얼굴이 밝아졌다.

"이제 준비는 끝났군요."

관표의 말에 조공이 엄지손가락을 들어올리면서 싱긋 웃으며 말했다.

"당연하지. 이제 내일이면 여기 생필품 가게들이 일제히 문을 열 걸세. 기존에 수유촌의 사람들을 중심으로 한 녹림도원의 촌민들이 그 가게를 운영하고 이득의 일부분을 취할 것일세. 이곳의 치안을 맡은 천문의 수하들은 이미 제 역할을 하고 있다네."

관표가 조공을 보며 웃으면서 말했다.

"마을에서 여기까지 매일 출퇴근하는 것이 번거롭지 않을까 걱정입니다."

"그것은 조금도 걱정 말게. 출퇴근용 강시 마차와 운하를 왕복하는 정기선이 이들을 빠르게 이동시켜 줄 것일세. 그래도 자신의 터전인 녹림도원에서 살며 직업을 가질 수 있다는 사실에 그 정도는 아무것도 아니란 생각들일세."

"그렇다면 다행입니다. 아주 이곳에 이주해서 살려는 분은 안 계십니까?"

조공이 고개를 흔들었다.

"마을에서 이곳까지 오는 데 마차를 타고 이각 정도밖에 걸리지 않는데 뭐 하러 이곳까지 나와 살려 하겠는가? 동네엔 아는 사람들도 전부 모여 있고, 경치 좋고 살기 좋고, 그저 이곳이 잘되길 바라기만 하면 되네. 물론 그것도 잘될 것이라 믿어 의심치 않네. 하하하."

조공이 호쾌하게 웃자 관표도 따라 웃으며 말했다.

"고생하셨습니다, 형님."

"내가 한 게 뭐 있나. 자네에게 항상 고마워하고 있네. 자네로 인해 우리 수유촌은 세상에서 가장 행복한 마을이 되었어."

"그게 어디 제 덕입니까? 함께 노력한 덕이지."

"아무리 그래도 자네의 힘은 절대적일세."

"자, 조 형님, 이제 그런 이야기는 그만 하고 좀 더 둘러봤으면 합니다."

"하하, 그러지."

백리소소와 유대순 등은 옆에서 흐뭇하게 웃으며 보고 있었다.

가을로 접어드는 구월.

녹림광장으로 수많은 상단들이 모여들고 있었다.

상단뿐이 아니라 무림맹 소속의 문파들과 그 외에 작은 중소문파들, 표국은 물론이고 제법 이름있는 낭인무사들에게도 빠짐없이 초대장이 전달되었다. 그리고 관직에 있는 상당수의 사람들도 초대를 받았는데, 중요한 사람들에게는 천문에서 사람들이 직접 마차를 몰고 가서 모셔 오는 방식을 취했다.

그들은 모두 천문 사람들의 안내로 녹주현에 도착할 수 있었다.

녹주현은 큰 관도에서 길이 넓게 뚫려 있었고, 군데군데 안내 푯말은 물론이고 천문의 무사들이 직접 와서 안내를 하였기에 오는 데 전혀 어려움이 없었다.

녹주현에 도착한 사람들은 각자 배정된 숙소로 이동하였는데, 마을의 크기는 상상 이상으로 컸고, 아직도 많은 터가 남아 있었다.

뿐만 아니라 잠깐 밖에 나가기만 하여도 필요한 물품들을 살 수 있는 상가들이 있었으며, 그 물품들은 의외로 가격이 저렴하였고 품질도 좋았다.

특히 놀기 좋아하는 사람들을 위해 기루는 물론이고 도박장까지 갖추어져 있자 그 놀라움은 배가될 수밖에 없었다.

특히 녹주현의 도박장은 기존 다른 곳의 도박장과 다른 점이 있었다.

우선 속임수가 철저히 차단되었으며, 만약 속임수를 쓰다 걸리면 가지고 있는 돈을 전부 빼앗기고 가차없이 쫓겨났다.

주로 도박장의 운영은 도박장에 온 손님끼리 도박을 하며 일부의 수수료를 받는 형식이었고, 도박장 안에선 사람에 따라서 약간씩의 돈을 융통할 수도 있었다. 그러나 그 돈에 대한 이자가 다른 도박장에 비해서 상당히 저렴하였고, 일정 이상은 빌릴 수도 없었다.

또한 돈은 이곳 도박장에 맡겨놓고 돈만큼의 전표를 가지고 도박을 하게 하였는데, 하루 일정 이상의 돈을 잃을 경우 도박장에서 퇴출당했다.

단 하루 만에 녹주현은 최고의 화제가 되었다.

녹주현에 사람들이 계속해서 도착하면서 많은 충돌도 있었고 불미스러운 일들도 벌어질 뻔하였지만, 천문의 무사들은 압도적인 무위로 그런 일들을 사전에 차단시키고 있었다. 그리고 어느 얼빠진 무사가 아닌 다음에야 투왕과 무후가 버티고 있는 천문의 근거지에서 소동을 벌이겠는가?

녹주현에 사람들이 모여들기 시작해서 오 일이 지난 후 아침, 드디어 천문에서 수많은 사람들이 나타나 녹주현의 사람들을 이동시키기 시작했다.

상단의 사람들은 모두 상기되어 있었다.

오늘 초청장에서 천문과 철마상단은 약속대로 작음차와 설연용정차 등을 비롯한 천문의 특산품을 이들에게 팔기로 했던 것이다. 지금까지 거대 상단에 밀려 고전하던 그들에게 새로운 희망이 생기는 것이다.

천문은 녹주현의 사람들을 둘로 나누었다. 상당수는 배로, 일부는 마차로.

배로 이동하는 사람들이나 마차로 이동하는 사람들이나 놀라기는 마찬가지였다.

마차로 이동하는 사람들은 예술품을 보는 것처럼 잘 꾸며놓은 길에 감탄하였다. 산책로로서도 전혀 손색이 없었고, 그것을 감안한 듯 마차가 가는 길 양옆으로는 사람들이 걸을 수 있는 길이 따로 만들어져 있었다.

길옆으로는 수많은 꽃나무들이 심어져 있었고, 길은 반듯하게 네모로 자른 돌들을 깔아놓아 보기에도 단단해 보였다.

길 양옆으로는 배수로가 만들어져 있어 어지간한 폭우에도 길이 물에 잠기지 않게 해놓았다.

운하는 폭이 십이 장쯤 되었는데, 운하 사이로 기암절벽은 물론이고 거대한 고목들이 즐비하게 늘어서 있어서 그 아름다움을 더욱 뽐내고 있었다.

그 사이로 물길을 만든다는 것은 정말 힘들어 보였다.

대체 어떻게 운하를 팠는지 이해하기 어려울 정도였다.

사람들이 모두 찬탄을 자아낼 때 배는 어느새 녹림광장에 도착해 있었다. 그러나 그 배를 탄 사람들은 노를 젓는 자들이 강시임은 전혀 눈치 채지 못하고 있었다.

마차를 탔던 사람들이 마차를 모는 말들이 강시임을 모른 것처럼.

녹림광장에 도착한 사람들은 수많은 대(臺)들이 만들어져 있고 그 대마다 놓여진 물건들에 다시 한 번 놀랐다.

그들이 알고 있는 천문과 철마상단의 물건들 외에도 계절상 구하기 불가능한 과일이나 차 종류는 물론이고, 바다 물고기와 향신료 등이 모아져 있었다. 그리고 다른 한쪽에서는 페르시아의 상인들이 수많은 물품들을 모아놓고 자신들을 기다리는 중이었기 때문이다.

사람들이 전부 모여들자 장충수가 광장 앞에 있는 가장 높은 대 위로 올라갔다.

모든 사람들의 시선이 장충수를 향한다.

"여러분, 저는 철마상단의 단주이자 천문 총당주 직을 맡고 있는 장충수입니다."

순간 '와아' 하는 환호성이 울려 퍼졌다.

드디어 기다리던 사람이 나타난 것이다.

장충수는 가볍게 헛기침을 한 번 하고 나서 다시 말을 이어갔다.

"거두절미하고 간단하게 말씀드리겠습니다. 지금 여러분 앞에 놓여 있는 물건들을 보시고, 구하고자 하시는 물품과 양을 적어서 우측에 있는 건물로 가시면, 그곳에서 가격과 양을 흥정할 수 있을 것입니다. 그리고 저쪽 페르시아 상인들에게 물건을 사고 싶으신 분들은 그분들과 직접 거래하시기 바랍니다. 그리고 앞으로 여기 녹림대시장은 오늘 이후 십 일에 한 번씩 열릴 예정입니다. 혹시 이곳에서 물건을 거래하거나 팔고 싶으신 분들은 좌측 건물로 오셔서 좌판을 신청하시면 됩니다. 만약 그날 눈비가 온다면 광장을 둘러싸고 있는 건물들 안에서 열릴 것입니다. 즉, 무슨 일이 있어도 십 일에 한 번씩 이곳에서 큰 시장이 열린다는 것을 아시고 물건을 거래하실 분은 언제든지 말씀만 하시면 됩니다."

장충수의 말을 들은 한 명의 상인이 큰 소리로 물었다.

"그렇다면 여기 좌판을 벌이는 데 수수료는 얼마나 들어가야 합니까?"

"없습니다."

장충수의 단호한 말에 상단이나 각 문파에서 온 사람들은 모두 놀란 얼굴로 장충수를 바라보았다.

장충수는 잠시 헛기침을 한 후 목소리에 약간의 내공을 깔아서 다시 말을 이어갔다.

"이곳의 규칙을 철저히 지켜만 주신다면 누구든지 물건을 사고파는 것이 가능합니다."

이번에 무인인 듯한 사람이 물었다.

"그렇다면 천문에서는 어떤 이익이 있는 것입니까?"

"많습니다. 우리로선 멀리 가지 않고 이곳에서 안정적으로 필요한 물건을 사고팔 수 있습니다. 그리고 여기 천문엔 상하기 쉬운 물건들을 안전하게 보관하고 운반할 수 있는 방법이 있습니다. 여러분들은 그것을 이용할 수 있습니다. 물론 물건의 보관료나 운임료는 내셔야 합니다. 그러나 그 가격은 결코 비싸지 않습니다. 또한 장이 설 때마다 서역과 페르시아, 그리고 천축의 상인들이 이곳으로 몰려올 것입니다. 즉, 이곳에서 원하는 물건들을 얼마든지 구할 수 있다는 것입니다. 그리고 이곳에서 팔고 싶은 물건이 있는데 보관이나 운반이 불가능해서 하지 못하시는 분들이 있으면 언제든지 저희에게 부탁하십시오. 저희가 알아서 이곳으로 배달해 드리겠습니다."

순간 상단의 사람들이 환호하였다.

그들은 이미 관표의 결혼식에서 열대 과실들이나 물고기 등을 완벽하게 보관하고 운반한 결과물을 본 적이 있었다. 그리고 이곳에서 다시 확인함으로써 천문이 특별한 운반법과 보관법을 개발했다는 사실을 알았다.

이제 이곳에서 그런 물건들을 사고팔 수 있을 뿐 아니라 원하는 곳까지 운반해 준다고 하니 누가 싫다고 하겠는가? 만약 절강성에서 바다 물고기를 내륙에 팔고 싶다면 천문에 의뢰해 그 물고기들을 이곳으로 운반해 놓고 보관해 놓았다가 장날에 내다 팔면 된다.

이곳 시장에서는 서류만 주고받으면 끝나는 것이다.

그것을 확인하는 것은 천문이다.

그 다음 물고기를 산 상인은 자신이 물건을 팔 곳까지 천문에 운반을 의뢰하면 그 물고기는 다시 안전하게 옮겨질 것이다. 그리고 그곳에서는 물고기가 상하기 전에 빨리 팔면 된다.

상상은 끝없이 펼쳐지고 상인들은 열광할 수밖에 없었다.

"물을 것이 있습니다!"

그때 한 상인이 손을 들고 고함을 치자 모든 시선이 그 상인에게로 모아졌다.

"여기 상인들은 적지 않습니다. 이들이 모두 많은 물건들을 이곳에서 팔고자 할 때 많은 물건들이 이곳으로 집중될 것입니다. 그렇게 많은 양을 천문에서는 어떻게 보관하시려 합니까?"

장충수가 자신있게 웃었다.

"그걸 감안해서 물건을 종류별로 보관할 수 있는 창고들을 충분히 지어놓았고, 지금도 계속 늘려가는 중입니다. 그러니 걱정하지 마십시오."

"와아!"

환호성이 다시 한 번 울려 퍼졌다.

"그 외에."

장충수가 다시 말을 시작하자 사람들은 궁금한 표정으로 장충수에게 집중하였다.

"여러분은 이곳에 오기 전에 머물렀던 녹주현을 기억하실 것입니다. 혹시 그곳에 지부를 설치하고 싶은 상단이나 표국은 언제든지 말씀하십시오. 그리고 그 외에 그곳에 투자하실 분들도 환영합니다."

그 말이 떨어지자 좌중은 조용해졌다.

그제야 녹주현의 역할을 깨우친 것이다.

"참고로 여기 운하는 한수와 연결되어 있습니다. 강남까지 물길을 따라 바로 이어질 수 있고, 물건을 실어 나를 수도 있습니다. 또한 운반용 배가 완성되면 상하기 쉬운 물건들도 안전하게 운반해 줄 수 있다는 것을 알려 드립니다."

다시 한 번 사람들이 놀랐다.

여기에서 한수까지는 멀지 않지만 거기까지 운하를 파기는 결코 쉽지 않았을 것이다.

천문이 만들어진 것이 언제라고 벌써 그곳까지 운하를 팠단 말인가?

놀라는 것이 당연했다.

물론 고생은 강시가 했지만, 누가 그것을 생각이나 하겠는가.

그날 녹림대시장은 엄청난 호황 리에 끝이 났고, 수많은 상단들이 녹주현에 지부를 설치하겠다고 나섰다.

단 며칠 만에 녹주현에 지은 건물들이 비싼 가격에 전부 팔려 나갔고, 추가로 주문을 받아 수십 채를 더 지어야 했다. 그리고 녹주현에 투자를 하겠다는 사람들도 상당수가 생겼다.

그렇게 녹주현은 완벽하게 하나의 도시로 변해가고 있었으며, 다시 십 일 후 열린 농림대시장엔 군이 말하지 않아도 사람들이 배로 몰려들었다.

천문에서는 특별히 보관이 어렵거나 운반하기 어려운 것들의 표물만 맡았고, 그 외엔 다른 표국들을 이용하게 하였다. 이렇게 되자 중원에 있던 표국들도 앞 다투어 녹주현으로 들어오게 되었으며, 사람이 많이 모여들자 녹주현의 상업은 여러 가지로 발전하기 시작했다.

녹주현에 들어오는 인물들 중에는 흑도의 인물도 있었지만, 상주하는 천문의 무사들 때문에 어떤 사고도 일어나지 않았다.

천문은 상업을 하는 사람이거나 물건을 살 사람들이라면 정과 사, 흑과 백을 가리지 않고 들어올 수 있게 하였다.

단, 녹주현 안에서 난동을 벌이거나 사고를 치면 그에 상응하는 대가를 치르게 하였다.

몇몇 흑도의 고수들이 제멋대로 굴다가 천문의 무사들에게 호되게 당한 후 그곳에서 함부로 하는 자는 거의 없었다.

이는 관표나 무후의 명성에 힘입은 바도 컸다.

어느새 겨울이 지나고 서서히 봄이 기지개를 켜고 있었다.

한겨울 동안에도 녹림대시장은 한 번도 빠지지 않고 열흘마다 한 번씩 열렸다.

시간이 지나면서 녹림대시장엔 이런저런 가판대가 생기더니 나중엔 무공 서적과 무기를 파는 사람들, 가지고 있던 무기를 서로 물물교환하는 사람들, 산에서 캔 약초를 직접 팔러 오는 사람들도 생겨나기 시작했다.

그리고 낭인들은 자신을 팔기 위해 이곳으로 오기도 했다.

그중에서도 가장 각광을 받는 시장 중 하나는 개인적으로 가지고 있는 보물이나 보검, 무공서 등을 파는 곳이었다.

천문은 이들을 중간에서 엮어주기도 하고 보물을 팔려고 하는 개인의 경우는 집에서부터 물건을 팔고 살 때까지 철저하게 호위를 서주기도 하였다.

그리고 의종 소혜령의 성수곡이 녹주현에 지점을 차리고 시장이 설때마다 의약품을 싼 값에 팔기 시작했다. 뿐만 아니라 녹주현에 성수곡의 지점이 있다는 소문을 듣고 찾아온 몇몇 약초꾼들의 약초를 제값에 사주기 시작하면서, 어느새 녹림대시장엔 무림에서 가장 큰 약초 의료 시장까지 생겨났다.

이렇게 대시장이 열릴 때마다 시장을 몇 개 구획으로 나누어 열게되었고, 시간이 갈수록 나누어지는 시장은 점점 더 많아지고 있었다.

봄이 되면서 점점 더 커져 갔고, 그 명성은 점점 더 높아져만 갔다.

어느덧 녹림대시장은 강호무림은 물론이고, 중원에서 가장 크고 화려할 뿐만 아니라 가장 안전한 시장으로 자리 잡고 있었다.

이젠 물건을 사고파는 사람들뿐이 아니라 직접 무기를 구하기 위해 오는 무사들로부터 단순히 구경 오는 사람들도 늘어나기 시작했고, 이에 따라 각종 안전사고나 사기 사건에 대비해서 더더욱 많은 전문 인력과 각별한 안전 대책을 필요로 하게 되었다.

천문은 이런 부분에 있어서 미리미리 준비를 하며 혹여 있을 불미스러운 일들을 사전에 방비하여 나갔다.

이런 일들이 겨울 동안 벌어진 일임을 감안하면 봄 이후에는 더욱 많은 사람들이 몰려들 것이었다.

천문이 녹림대시장과 녹주현을 통해 벌어들이는 수익은 상상 이상이었다.

어느덧 천문의 철마상단은 강북뿐 아니라 중원의 최고 상단으로 자리매김하고 있었다. 그러나 백리소소는 철마상단이나 천문이 필요 이상으로 커지지 않게 시장 지배율을 적정하게 조절하여 지나치게 비대해지는 것을 사전에 방비했다.

무엇이든 과하면 모자람만 못하다는 원칙을 따른 것이다. 그리고 그동안 움츠렸던 중소상단들도 천문과 철마상단의 지원을 등에 업고 중원에서 제자리를 빠르게 잡아갔다. 알게 모르게 중원의 상단들은 힘을 합해 전륜살가림의 상단들을 압박해 들어가고 있었던 것이다.

그들보다 더욱 신속하고 빠를 뿐 아니라 그들이 전혀 취급할 수 없는 물건들을 팔다 보니 수익은 커지고, 그 수익을 이용해서 전륜살가림의 상단들이 이익을 보던 분야를 조금씩 파고들었다.

또한 무림맹의 각 문파들도 자립을 이루어갔으며, 더불어 무림맹의 재정도 튼튼해져 가고 있었다.

이는 철마상단의 지원이 컸음은 당연한 일이었다.

第十章
구룡상단(九龍商團)
―무림맹의 비밀은 두더지가 듣는다

　천문의 취의청 안에는 관표를 비롯한 무림맹의 오대무상과 맹주인 송학 도장, 그리고 장로원의 원주인 원화 대사를 비롯해서 장로원 고수들, 군사인 백리소소 등이 모여 있었다.

　백리소소는 잠시 취의청을 둘러본 후 가볍게 허리를 숙였다.

　"제멋대로 회의 장소를 이곳으로 정하자고 한 것부터 먼저 사과를 드립니다. 그리고 제 의견을 들어주셔서 감사합니다."

　송학 도장이 인자하게 웃으면서 말했다.

　"군사가 이곳에서 회의를 하자고 한 것엔 분명히 사유가 있을 것이라고 보았습니다."

　"맹주님 말씀대로 그것은 피치 못할 사정이 있었기 때문입니다. 그것에 대해서는 잠시 후에 말씀드리겠습니다. 우선 제가 들은 정보대로라면 맹주님이 회의를 개전한 이유가 구룡상단 때문이라고 하던데, 그 말이 맞습니까?"

"무량수불, 맞습니다."

"그들이 각 문파와 무림맹에게 빌려주었던 돈을 요구해 온 것입니까?"

송학 도장은 역시 군사구나 하는 감탄의 표정으로 고개를 끄덕이며 말했다.

"역시 군사는 이런 일이 있을 것을 짐작하고 있었군요. 전에 군사가 구룡상단의 돈을 될 수 있으면 많이 빌려 쓰라고 하지 않았습니까? 그리고 그들이 어떤 요구를 해올 때 그 대책을 알려주겠다고 했던 기억이 납니다."

송학 도장이 고개를 끄덕일 때 몇몇 문파의 수장들은 얼굴이 굳어졌다.

그들은 생각보다 구룡상단에 많은 돈을 빌려 썼던 것이다. 근래 자금 사정이 좋아지고 있지만, 지금 그 빚을 갚고 나면 문파가 다시 궁해질 것을 걱정하는 것이다. 그러나 걱정은 하되 그 깊이가 깊지는 않았다.

그들은 백리소소를 믿고 있는 눈치였다.

비록 그녀가 군사에 오른 시간은 짧지만 지금까지 실수없이 일을 다부지게 처리해 왔다. 그런 모습들이 그녀를 믿을 수 있게 만들어주었다.

그녀에게 무엇인가 대책이 있으리라 생각한 것이다.

백리소소의 입가에 미소가 어렸다.

"이것은 우리가 저들의 상단과 겨루어 이기고 있다는 증거입니다. 결코 나쁜 일이 아닙니다."

"하지만……."

형검문의 문주인 비환검(飛幻劍) 호금현이 말끝을 흐렸다.

"걱정하지 마세요, 문주님. 지금이 기회입니다. 각 문파들은 그들에게 돈을 빌릴 수 있을 만큼 더 빌리십시오."

모두들 놀란 표정을 한 채 백리소소를 바라보았다.

백리소소는 입가에 미소를 머금고 말했다.

"천문의 철마상단에서 앞으로 오 개월 후 그 빚을 갚아주기로 했다고 해주십시오. 제가 그것을 문서로 만들어 드리겠습니다. 물론 천문의 이름으로 만들어 드릴 것입니다. 그러면 구룡상단은 그 문서를 받고 돈을 빌려줄 것입니다. 구룡상단에서는 그 문서들을 모아 철마상단을 압박하는 것에 쓰려 하겠지요."

모두들 백리소소의 의도를 몰라 두 눈만 껌벅거렸다.

호금현이 얼떨떨한 표정으로 물었다.

"그렇게 해도 되는 것입니까? 하지만 우리가 다시 철마상단에 돈을 갚아야 하는 것 아닙니까?"

"그 돈은 철마상단이나 구룡상단 어디에도 갚을 필요가 없습니다. 구룡상단은 어차피 없어질 상단이니까요. 그리고 안 없어진다 해도 오랑캐의 앞잡이 노릇을 한 상단에 돈을 돌려줄 필요는 없지요."

모두들 놀라서 백리소소를 바라본다.

원화 대사가 물었다.

"군사는 그들이 전륜살가림의 주구란 사실을 알아낸 것입니까?"

"그래서 모임을 이곳으로 하자고 한 것입니다."

"그 말은……."

"오해하지 마세요, 대사님. 무림맹에 간자가 있어서가 아닙니다. 오래전 제가 관 대가와 함께 처음 무림맹에 갔을 때 무림맹 밖을 산책한 적이 있었습니다."

모두들 귀 기울여 백리소소의 말을 듣고 있었다.

"그런데 무림맹 뒤쪽으로 자그마한 야산이 하나 있더군요. 아주 잘 꾸며진."

"아미타불. 잘 알고 있습니다. 무림맹의 무사들에겐 제법 유명한 산입니다."

"그런데 그 산은 자연적인 것이 아니고 만들어진 산이더군요."

모두들 놀란 표정으로 백리소소를 바라보았다.

백리소소는 잠시 멈추었다가 다시 말을 이어갔다.

"문제는 그 산을 만드는 데 들어간 흙과 돌입니다. 그것을 어디서 가지고 온 것일까요? 저는 그것에 의문을 품고 그 근처를 전부 뒤져 보았지만 그 산을 만들 만큼의 많은 흙과 돌을 퍼낸 곳은 발견할 수 없었습니다."

백리소소의 말을 듣고 가장 먼저 깨우친 사람은 하북팽가의 팽대현이었다.

"그렇다면 군사의 말은?"

"구룡상단이 무림맹에 부지를 제공한 이유가 뭘까요? 그리고 그 산은?"

송학 도장의 표정이 굳어졌다.

"그렇다면 그것은? 무량수불. 허허, 우리가 정말 지옥불 위에서 숨을 쉬고 있었구려."

"맞습니다, 맹주님. 그러니까 우리는 먼저 구룡맹의 돈을 받을 만큼 받아내고 그들의 가면을 벗기면 됩니다."

송학 도장이 고개를 흔들면서 말했다.

"무량수불, 참으로 군사는 대단하십니다."

"군사니까요."

백리소소가 방글거리면서 웃는다.

취의청의 모든 고수들은 그런 그녀를 바라보면서 망연한 표정을 짓고 있었다.

단지 관표만이 담담할 뿐이었다.

"하지만 우리는 그 시기를 조심스럽게 조절해야 합니다. 너무 빨라도 안 되고 너무 늦어도 그들이 이상하게 생각할 것입니다."

송학 도장은 그녀의 말뜻을 알아챘다.

"군사는 우리가 구룡상단을 치는 순간이 전쟁의 시작이라고 보시는 거군요."

"그렇습니다. 우리는 시작을 함과 동시에 그들을 흔들어놓아야 합니다. 그리고 그전에 빨리 우리 세력을 더욱 많이 모아야 합니다. 그러려면 시간이 없습니다. 그리고 상황을 보니 우리에겐 많은 시간이 주어진 것도 아닌 것 같습니다."

그 말에 모두의 표정이 침중해졌다.

어차피 예상했던 일이다.

그렇다면 무조건 싸워서 이기는 방법밖에 없는 것이다.

은은한 불빛이 방 안을 밝히다가 조금씩 흔들리고 있었다.

수줍은 여인의 동선이 한 폭의 선녀도를 보는 것처럼 관표의 심장을 두근거리고 만들었다. 언제 보아도 질리지 않는 아름다움이 그의 심장을 쥐었다 놓는다.

두근두근.

견디기 어려운 갈증에 관표가 소소의 손을 잡아당기자, 어깨선에 겨우 걸려 있던 한 장의 천이 미끄러지면서 활처럼 팽팽하게 당겨진 가슴살이 느껴져 왔다.

"고맙소."

관표의 말에 백리소소가 고개를 살짝 들었다.

붉게 상기된 얼굴이 참으로 보기 좋았다.

"고맙다니요, 무슨 말씀을."

"내게 와줘서 고맙고, 내가 사랑할 수 있게 해줘서 고맙소. 만약 소소가 없었다면 나는 무척이나 외롭게 세상을 살아갔을 것이오."

"가가께서 없었다면 저는 지금 한 줌의 흙으로 돌아갔을 것입니다. 그런 말씀 하시면 제가 섭섭할지도 모릅니다."

관표는 웃으면서 그녀를 다시 힘주어 안았다.

그는 알고 있었다. 그리고 그녀도 알고 있으리라.

이제 강호에는 피가 흐르고 시체가 산을 이루는 혼돈의 시기가 가까워지고 있다는 것을.

"가가."

"말씀하시오."

"저를 위해서도, 그리고 천문을 위해서도 꼭 살아남으셔야 합니다."

"내 걱정은 마시오. 내가 걱정하는 것은 소소요. 소소야말로 항상 조심하시오. 그들도 귀가 있다면 군사인 당신을 암살하려 할지도 모르는 일이오."

"항상 주의하겠습니다. 이제 구룡상단을 무너뜨리게 된다면 더 이상의 침묵은 없을 것입니다. 그때부턴 전륜살가림도 무력을 앞세울 수밖에 없을 것입니다. 천문도 미리 그것에 대비해야 할 것입니다."

"능히 짐작하고 있는 일이오."

"사실……."

백리소소는 조금 망설이는 듯하다가 말을 이었다.

"천문과 백리세가가 가장 위험할 수 있습니다."

관표는 대답 대신 백리소소를 내려다봤다.

"제가 만약 전륜살가림이라면 제일 먼저 천문을 없애는 데 모든 힘을 기울일 것입니다. 여기 천문에는 제가 있고 가가께서 계십니다. 전륜살가림에 있어서 우리는 반드시 죽여야 하는 강적일 것입니다. 그리고 가가와 저를 흔들 수 있는 방법은 여기를 없애는 것입니다. 하지만 그러기엔 부담이 있지요. 천문은 지금 만만한 곳이 아닙니다. 그래서 제가 볼 땐 그들이 노릴 곳은 백리세가일지도 모르다고 생각하는 것입니다."

관표는 고개를 끄덕였다.

백리소소의 말엔 분명히 일리가 있었다.

자신을 과대평가해서는 안 되지만, 그렇다고 과소평가해서도 안 된다. 지금 현재 전륜살가림에 가장 큰 피해를 준 것은 누가 뭐라고 해도 자신과 소소였다. 그리고 현재 무림에 가장 큰 영향력을 가지고 있다는 점도 간과하지 않을 수 없었다.

"아무래도 소소와 내가 자리를 비웠을 때가 가장 위험하겠구려."

"맞습니다. 그래서 저희가 없을 때는 외조부님이나 여 시숙님을 이곳에 계시게 하는 것이 좋을 것 같습니다. 물론 천문 자체 내의 힘도 부지런히 길러놓아야 합니다. 문제는 백리세가입니다."

관표는 묵묵히 고개를 끄덕였다.

"어떻게 할 생각이오."

"어차피 일을 터뜨릴 땐 적에게 가장 빨리 많은 타격을 주고 수세로 돌아서서 그들의 동태를 살피는 것이 좋을 것 같아요. 그전에 그들에 대한 정보를 조금이라도 더 모아서 대비를 해야 할 겁니다. 그리고 그들의 움직임을 감시할 수 있는 정보망 구축이 시급합니다. 이는 개방의 도움으로 어느 정도 해결이 되긴 했지만 그것만으로는 부족합니다. 녹주현에서 얻어지는 정보는 시급을 다투는 일과는 또 달라서 도움이 되지 못합니다."

"자, 이제 그런 일들은 내일 생각합시다. 지금은 조금 쉬시오."

백리소소는 대답 대신 관표를 살며시 올려다보았다.

이제 그는 영웅의 기상이 완연해 보일 정도로 성장하였다.

가끔은 그녀가 보기에도 눈이 부실 때가 있었다.

정말 얼마나 더 성장을 할까?

그녀가 보았을 때 관표의 성장은 아직도 진행 중인 것 같았다.

만약 관표가 아니라면 천하에 누가 있어 자신을 받아줄 수 있을까? 탐을 내는 사람들은 많았다. 그러나 자신의 능력과 명성에 죽어지내야 하는 불행을 자초해야만 했을 것이다.

그것은 여자인 자신이나 상대인 남자에게도 불행이라 할 수 있었다.

여자보다 못한 남자.

남자는 자격지심을 느낄 것이고 자신은 외로워질 것이다.

어려서부터 외롭게 자란 그녀에게 있어서 그것은 생각하기도 싫은 일이었다.

다행히 관표는 그 자리에 있는 것만으로도 자신을 넘어서는 힘과 위엄을 지니고 있었다.

참으로 다행한 일이었다.

관표를 살며시 올려다보는 백리소소의 얼굴에 은은한 미소가 감돌았다.

관표는 그녀가 갑자기 미소를 짓자 영문을 몰라 의문스런 표정으로 내려다보았다.

"고마워요, 당신."

백리소소가 갑자기 와락 안겨들자 관표는 어안이 벙벙한 표정이면서도 그녀를 마주 꽉 끌어안았다.

살과 살이 마찰하면서 남자의 본성을 자극하고 있었다.

봄이 되면서 녹림대시장은 점점 더 활기가 넘쳐 나고 있었다. 특히 녹주현의 발전은 눈이 부실 지경이었다.

사람이 넘쳐 나고 있었으며, 객점은 항상 방이 모자랐다.

몇몇 무인들이 그동안 모아놓았던 돈으로 녹주현에 기루와 객점을 차렸고, 그게 시발점이 되어 강호를 은퇴하였던 기인들이 녹주현으로 몰려들고 있었다.

이는 녹주현이나 천문을 위해서도 상당히 고무적인 일이었다. 이러다 보니 중원의 각종 고급 정보들도 녹주현에 모여들기 시작했다.

관표는 봄이 되면서부터 강남과 녹주현을 오가는 정기 여객선을 운행하였는데, 그 여객선에는 항상 손님들이 넘쳐 나서 나중에는 여객선의 숫자를 상당수 늘려야 했다. 그러나 여객선의 숫자를 늘려도 손님은 여전히 넘쳐 났다.

특히 십 일에 한 번씩 열리는 십일장 날에는 사람이 너무 많아 태우지 못하는 손님들이 점점 많아지고 있었다.

그러자 약삭빠른 상단은 배를 구입해서 장날에만 맞추어 여객선을 운행해 짭짤한 재미를 보기도 했다.

관표는 이런 경우 장날에만이라는 단서를 달아 인정해 주었다.

그리고 사람들은 이 정기선을 이용해서 꽤 많은 천문의 고수들이 강남으로 이동하고 있는 것을 눈치 채지 못했다. 그들 중에는 마종과 도종, 그리고 의종도 포함되어 있었다.

녹림대시장과 녹주현은 어느덧 중원 상계의 중심지가 되어가고 있었다. 특히 무인들에게는 특별한 의미를 지닌 곳으로 서서히 변모해 가는 중이었다.

관표는 소소의 의견을 받아들여 녹주현 내에 몇 개의 대련장을 만들어놓았다. 그리고 녹림장이 열리는 날엔 정식으로 무술대회를 열어 일등을 한 자에겐 상품을 주었는데, 이는 시장에 놀러 오는 손님들에게 볼거리를 만들어주기 위한 방안이기도 했다.

종남산 무림맹.

관표와 백리소소가 안으로 들어서자, 기다리던 무림맹의 수뇌진들은 일제히 일어서서 두 사람을 맞이하였다.

백리소소는 맹주인 송학 도장을 보고 물었다.

"준비되셨지요?"

"걱정 마십시오, 군사."

"이제부터 두더지 사냥을 해야겠군요."

백리소소의 말에 유광이 검을 들고 일어서며 말했다.

"기다리던 바입니다."

"그럼 시작할까요?"

백리소소의 말에 모두들 일어서서 한쪽으로 비켜섰다. 그러자 관표가 한 발 앞으로 나섰다.

그가 선 곳에는 취의청에서 회의를 할 때 사람들이 앉는 커다란 돌탁자가 있었다.

탁자는 주변으로 이십 명이 앉아도 충분할 만큼 컸는데, 은은한 푸른색이 감도는 옥돌로 만들어져 있었다.

보기에도 상당히 값 나갈 것 같은 탁자였다.

관표는 탁자 앞에 서는가 싶더니 그대로 탁자 가운데를 향해 강기를 쏘아 보냈다.

오호룡의 무공 중 하나인 사혼참룡수가 펼쳐진 것이다.

'퍽' 하는 소리가 들리면서 옥 탁자가 그대로 부서져 버렸다. 순간 어이없게도 부서진 옥 탁자 아래로 텅 빈 공간이 나타났고, 폭 반 장 정도의 구멍이 입을 벌리고 있었으며, 그 구멍 위로는 둥근 통이 여덟 개나 올라와 있었다.

그 통이 무엇을 하는 것인지 모를 사람은 여기에 아무도 없었다.

그 모습을 본 하북팽가의 가주인 팽대현이 분기탱천한 목소리로 말했다.

"이런 개자식들이!"

고함과 함께 구멍 아래로 뛰어내렸다.

구멍은 아래로 약 십오 장 정도 깊이였는데, 팽대현이 하북팽가의 신법으로 내려가자 원통을 귀에 대고 회의하는 내용을 엿듣고 있던 여덟 명의 사내가 순간 놀라서 각자 무기를 꺼내 들었다. 그러나 그것은 부질없는 짓에 불과했다.

팽대현이 도를 들고 한 번 휘두르자, 세 명의 사내가 머리가 잘린 채 바닥에 뒹굴었다.

팽대현이 다시 한 번 도를 들어올릴 때 급히 쫓아온 백리소소가 말했다.

"사로잡아야 구룡상단의 죄를 증거할 수 있습니다."

그 말을 듣는 순간 팽대현의 도가 슬쩍 눕혀졌다.

퍽.

하는 소리가 들리며 도의 면으로 한 명의 머리통을 쳐서 기절시켜 버린다. 그리고 나머지 네 명은 백리소소에게 제압당했다.

그들이 제압당했을 때, 취의청에 있던 고수들이 앞 다투어 아래로 내려왔다.

백리소소는 곁으로 다가온 송학 도장을 보면서 말했다.

"예측한 대로예요. 일단 우리는 이곳을 완전히 점거하기로 해요. 제가 말한 곳에는 조치를 해놓으셨겠지요?"

"물론입니다. 그런데 그쪽에 비밀 통로가 있다는 것은 어떻게 안 것입니까?"

송학 도장의 물음에 백리소소는 별거 아니란 투로 생긋 웃으면서 대답하였다.

"무림맹의 눈치를 보지 않고 비밀리에 이곳을 출입하려면 근처에 있는 촌락이 아니면 안 됩니다."

"그렇다면……."

"그 촌락의 사람들 대부분은 구룡상단의 사람들일 가능성이 높습니다. 그래서 근처에 있는 다섯 군데 촌락을 모두 포위해서 단 한 명도 빠져나가지 못하게 한 것입니다. 그 촌락 중 어느 곳이 간자의 마을인지 모르니까요."

"그들을 제압하면 연락이 두절되면서 이곳 상황을 눈치 채지 않겠습니까?"

"그전에 구룡상단을 쳐야 합니다. 그보다도 안에서는 비밀 통로를 찾기 쉬우니까 이곳에서부터 추적해 나가면 간자들의 마을이 어디인지 바로 알 수 있을 것입니다."

"무량수불, 참으로 현명한 판단입니다."

"비밀 통로를 찾아서 비밀 통로와 연결된 촌락을 완전히 장악한다고 해도 다른 곳의 포위를 풀어서는 안 됩니다."

"그건……."

"내가 구룡상단의 지낭이라면 그 촌락 말고도 만약을 위해서 다른 곳에도 간자가 활동할 수 있는 촌락을 만들어놓을 것입니다. 지속적으로 무림맹을 감시할 수 있고, 만약의 경우 활용할 수 있는 용도가 많기 때문입니다. 우리가 구룡상단을 완전히 장악하기 전까지는 조그마한 가능성도 배제해선 안 됩니다."

"무량수불, 알겠습니다."

"이제 이곳을 샅샅이 뒤져 봐야 할 것 같습니다."

"이미 조치를 하였습니다. 허허, 하지만 참으로 가슴 서늘한 일입니다."

송학 도장은 막상 구룡상단의 흉계를 알고 나니 어이가 없기도 했지만, 가슴이 서늘하지는 것도 어쩔 수 없었다.

무림맹에 건물과 부지를 임대하면서 지하에다가 자신들의 비밀 본거지를 만들어놓고 있었을 줄이야…….

특히 취의청 안에 있는 옥 탁자의 비밀은 송학 도장에게 큰 충격을 주기에 부족함이 없었다.

취의청은 무림맹의 중요한 안건을 결정하는 큰 회의가 많이 벌어지는 곳 중 한 군데였다. 그런데 그 옥 탁자에 이런 비밀이 있을 줄 누가 알았겠는가? 처음 천문에서 백리소소가 지하에 구룡상단의 비밀 분타가 존재한다고 했을 때와 지금은 그 기분이 또 달랐던 것이다.

만약 이 분타를 알아내지 못했다면… 하는 생각을 하니 간담이 서늘하지 않을 수 없었다.

송학 도장은 백리소소를 보면서 새삼 감탄했다.

'안에서 살고 있는 사람들은 아무런 의심을 하지 못했는데, 군사는 산책을 하다 인공 산 하나를 보고 모든 것을 짐작해 냈구나. 대체 어떤 차이가 있어서일까? 무림맹에서 그 인공 산을 못 본 사람은 아무도 없는데. 그러고 보니 전 군사인 제갈령도 그 산을 알고 있었는데.'

그런데도 제갈령은 그 산을 보면서 구룡상단의 비밀 분타가 지하에 있으리란 생각은 하지 못했다.

백리소소는 사람들에게 이것저것 지시를 하다가 송학 도장이 자신을 보고 있다는 것을 알았다.

그녀가 송학 도장을 바라보자 송학 도장은 나직하게 염불을 외면서 물었다.

"무량수불. 지금까지 무림맹의 그 누구도 이곳을 눈치 채지 못했다니, 참으로 어이가 없는 일입니다."

"일단 탁자가 붙박이에 너무 고급이고 사람의 기를 차단하는 기능을 가지고 있었던 것 같습니다. 그리고 숨어서 감청을 하던 자들은 전문적으로 자신의 기와 호흡을 숨기는 수련을 한 자들일 것입니다. 그래서 많은 고수 분들이 있어도 전혀 눈치를 채지 못한 것입니다."

팽대현이 기가 차다는 목소리로 말했다.

"그야말로 무림맹의 모든 비밀을 두더지들이 다 듣고 있었던 것이군요. 그런데 어떻게 우리는 구룡상단이 주는 것을 그렇게 쉽게 생각했는지 모르겠습니다. 산을 보고도 이상하게 생각한 사람도 없고."

팽대현의 말에 함께 있던 장로원 장로들의 표정이 약간씩 민망해진다. 그들의 표정을 살피던 백리소소는 살짝 미소를 지었다가 말했다.

"받는 것에 능숙한 사람은 상대방이 자신에게 베푸는 것을 그저 당연하다고 생각하게 마련입니다."

칼이 있는 말이었다.

그 말에 모두들 공감할 수밖에 없었다.

백리소소의 간단한 말에는 지금 정파무림의 문제가 무엇인지 한 단면을 꼬집어 말해준 것이었다.

스스로 대단하다 생각하기에 구룡상단이 부지와 건물을 그냥 주었어도 의심없이 냉큼 받았다. 정파무림의 입장에서 보면 구룡상단이 자신들에게 잘 보이려 하는 것은 당연하다는 생각이 앞섰던 것이다.

"그래도 덕분에 각 문파들은 재정적인 자립을 할 수 있게 되었고 새롭게 깨우치는 것도 있었으니, 이는 곧 전화위복(轉禍爲福)이 아닌지요. 그러니 너무 가슴에 담아둘 필요는 없다고 생각합니다. 그보다는 빨리 이들을 일망타진하는 것이 급선무입니다. 이들 중 한 명이라도 빠져나간다면 우리가 구룡상단을 치는 데 문제가 생길 수도 있습니다."

백리소소의 말에 모두들 고개를 끄덕였지만, 생각만큼 가슴이 편한 것은 아니었다. 그러나 지금은 그녀의 말대로 지하에 숨어 있던 구룡상단의 무리들을 제압하는 것이 먼저였다.

장로원의 장로들과 무림맹의 고수들이 속속 구룡상단의 인물들을 추적하러 흩어져 갔다.

그 모습을 지켜보면서 백리소소는 자신과 나란히 서 있는 송학 도장에게 말했다.

"전륜살가림과의 결전은 지금부터라고 말할 수 있습니다. 특히 우리가 구룡상단을 공격하고 나면 이제 그들은 무력으로 중원을 정복하려 할 것입니다. 그전에 우리가 선수를 쳐서 그들의 힘을 최대한 줄여놓아야 합니다. 그리고 강호의 힘을 빨리 하나로 모아야 합니다. 이전에 정의맹으로 천문과 겨루었던 문파들도 무림맹으로 끌어들이든지, 아니면 그들끼리 뭉치게라도 해야 할 것입니다."

"무량수불. 그들끼리라도 뭉치게 하라는 뜻은 무엇입니까?"

"정의맹 소속이었던 문파들 중 상당수가 자존심과 천문에 대한 원한 때문에 쉽게 무림맹에 가입하지 못할 것입니다. 천문이 무림맹의 중추 세력 중 하나로 자리 잡았기 때문입니다. 그렇다면 일단 그들끼리라도 뭉쳐서 힘을 집중하게 해야 합니다. 그렇지 않으면 그들은 살아남지 못할 것입니다."

"허허, 참으로 힘든 일이군요."

송학 도장은 자신도 모르게 장탄식을 뱉어냈다.

더 설명하지 않아도 백리소소가 하려는 말을 알아들었던 것이다. 만약 전륜살가림이 전면전으로 나설 경우 지금 힘이 약화되어 있는 정의 맹 소속 문파들은 좋은 먹잇감이 되고 말 것이다. 그렇다면 그들끼리 라도 힘을 뭉쳐 싸울 수 있게 주선해 주라는 말인 것이다.

"그것도 아니면……."

"아니면 어떻게 해야 합니까, 군사."

"그들을 먼저 다 죽여야 합니다."

송학 도장의 얼굴이 창백해졌다.

"무량수불. 군사……."

"휴, 사실 불가능하다는 것을 압니다. 그러나 그게 이번 싸움을 유리 하게 만들고 번거로움을 줄이는 길입니다."

"무량수불, 빈도는 우매해서 무슨 뜻인지 못 알아듣겠습니다."

"쥐가 몰리면 고양이를 물게 마련입니다. 사람이 막다른 곳에 이르 면 무슨 짓이든 할 수 있다는 말입니다."

"무량수불."

송학 도장은 갑자기 가슴이 답답해지는 것을 느꼈다.

마치 번개가 머리를 치고 지나가는 것 같았다.

그녀가 하는 말을 알아들었지만 인정하기 싫은 것이다.

"그래도 그들은 정파의……."

"그들이 한 짓은 소인배나 하는 짓이었습니다. 그건 이제 세상이 다 알고 있습니다. 그들도 스스로 그것을 알고 있습니다. 무엇을 더 잃을 게 있다고 유혹에 망설이겠습니까?"

송학 도장은 백리소소의 옆모습을 바라보았다.

참으로 대답할 말이 궁색했다.

너무도 옳은 말이라 대답이 궁하기도 했고, 냉정하게 상황을 파악하는 그녀의 판단력에 다시 한 번 감탄한 것이다.

그녀와 관표는 참으로 볼수록 사람을 놀라게 한다.

송학 도장은 제갈령과 백리소소를 비교해 보았다.

'무를 제외한 많은 부분에서 서로 엇비슷한 것 같은데, 사람을 끌어들이는 힘에서 차이가 나는 것 같구나.'

비슷하게 뛰어난 지혜를 지녔지만 백리소소에게는 그것을 뒷받침하는 힘이 있었다.

무인들에게 있어서 이것은 결코 무시할 수 없는 장점이었다.

백리소소가 군사이면서도 그 이상의 권위로 무림맹의 고수들을 움직일 수 있는 이유 또한 바로 그 때문이었다.

제갈령이 자신의 뜻을 펼치기 위해 장로원의 고수들에게 십의 힘을 써야 한다면 백리소소는 삼이면 충분했다. 특히 큰 결전이 있을 시 제갈령은 현장에서 지시를 하려면 주변에 수많은 호위무사들을 두고도 불안해해야 했다.

그러나 백리소소는 사실상 호위무사가 필요할까?

송학 도장은 고개를 흔들었다.

아마도 잘못하면 백리소소가 호위무사들을 보호해야 할지도 모른다. 이런 점은 아군에게 큰 안정감을 줄 것이다.

"무량수불, 군사의 걱정이 어떤 것인지 이해는 합니다. 그러나 그렇게까지는 안 할 것입니다. 그래도 그들은 명문 정파입니다."

"도장님은 그렇게 생각할지 모르겠지만, 제가 보았을 때는 어떤 사파보다도 이기적이고 비열한 자들이었습니다. 정파가 진정한 정파로 거듭나려면 냉정한 자기 성찰이 있어야 할 것입니다."

송학 도장은 그냥 눈을 감고 말았다.

더 말을 한다면 치부만 드러날 것 같았다.

무엇보다도 그 역시 정의맹이 한 짓이나 각 문파들이 자신의 이익을 위해서 어떻게 행동한다는 것을 잘 알고 있었기에 할 말이 없었다.

물론 다 그런 것은 아니지만.

第十一章
구룡혈전(九龍血戰)
―명예란 아무나 가지는 것이 아니다

그날 구룡상단의 비밀 분타는 말 그대로 비밀리에 완전히 소탕되었다. 그리고 비밀 분타가 소탕되는 순간 백여 명의 무사가 조용히 무림맹을 빠져나갔다.

그들은 섬서성 장안 근처를 향해 무서운 속도로 전진해 가기 시작했다. 그리고 장안에서 약 삼십여 리 떨어진 곳에서 그들은 전진을 멈추었다.

무리 중 무당의 일현 도장이 나서며 관표를 보고 말했다.

"저 구릉 너머입니다, 무상님."

"그럼 지체하지 말고 갑시다."

"제가 안내하겠습니다."

일현 도장의 얼굴엔 관표에 대한 존경심과 함께 경외감이 어려 있었다. 일현 도장의 나이는 현 사십오 세로 무당의 장문인인 일송자의 둘째 사제였으며 무당파의 장로 신분이었다.

또한 그는 일대 제자들의 무술 사범이기도 했다.

일송자가 천생 무인이라고 칭찬한 인물로 강호무림에서도 그 명성이 쟁쟁한 인물이었지만, 그의 관표에 대한 동경은 어느 누구 못지않았다.

특히 그는 관표가 불괴 대비단천 연옥심과 대결할 때 바로 앞에서 보았던 인물이기도 하였다.

그때 일현이 받은 충격은 이루 말할 수 없을 정도였다.

새로운 무학의 경지.

자신이 그토록 가고자 했던 무학의 신기원을 이룬 관패에 대한 일현의 존경심은 상상 이상이었다.

그의 동작, 말 한마디에 그것이 우러나오고 있었다.

관패에 대한 마음은 그 하나만의 것이 아니었다.

지금 관패와 함께 행동하는 모든 무사들의 마음속엔 관표에 대한 경외감이 자리 잡고 있었다. 그것은 나이 어린 관패가 이들을 통솔하는 데 전혀 무리가 없는 이유이기도 했다.

그들 무사들 속에는 장칠고와 청룡단의 무사들도 함께 있었는데, 그들도 그런 분위기를 감지하고 자신도 모르게 어깨를 으쓱거리는 중이었다.

장칠고의 경우 혹시라도 자신의 말 한마디가 관패에게 누가 될까 봐 단 한마디의 말조차 함부로 하지 않았다.

일현 도장의 안내로 언덕을 올라가자 눈앞에 시원한 평야 위에 낮은 구릉들이 사방으로 둘러 싼 넓은 지역이 나타났다. 그리고 구릉 지역엔 거대한 장원 하나가 있었다. 단순히 장원이라고 말하기엔 무리가 있을 정도로 커서 마치 하나의 성 같은 곳이었다.

높이 삼 장의 성곽으로 둘러싸인 장원의 정문에 구룡상단이라는 현판이 걸려 있었다. 일현 도장이 그 장원을 가리키면서 말했다.

"저곳입니다."

관표는 구룡상단의 현판을 지켜보다가 자신의 지시를 기다리는 무사들의 표정을 바라보았다.

모두들 상기된 표정들.

그들 중에는 실전이 처음인 자들도 상당수 있을 것이다.

실전을 했어도 아직 사람을 죽여보지 못한 자들도 많을 것이다. 그러나 그런 것을 떠나서 무인으로서 호승심은 어느 누구도 숨기지 않고 있었다.

"갑시다."

"예?"

"우리는 걸어서 들어갑니다."

관표의 말에 무사들 중 한 명이 약간 의외라는 표정으로 물었다.

그는 소림의 유명한 사대금강 중 수좌인 영운 대사였다.

이번 작전엔 소림의 사대금강이 모두 참여하였다. 소림으로선 앞으로의 일을 대비해서 이들에게 실전에 대한 감각을 익혀주고 싶었던 것이다.

"급습하는 게 아니고 말입니까?"

"우리가 죄지은 것 없는데, 당당해야지요."

관표의 말에 무사들의 기분은 고조되었다.

그들은 무골들이다.

기습이 마음에 들 리 없었다. 그런데 그런 마음을 관표가 헤아려 준 것이다.

이들의 사기를 위해서도 당당할 필요가 있다고 생각한 관표였다.

관표가 앞장을 서고 그 뒤를 영운과 일현, 그리고 장칠고가 따랐으며, 다시 그 뒤로 백여 명의 무사가 열을 맞추어 따라온다.

장칠고는 자신도 모르게 짧은 호흡을 하였다.

불과 몇 년 전까지만 해도 자신은 이들의 얼굴조차 마주 보기 힘들 정도로 미미한 존재였다. 그런데 지금은 무당의 장로는 물론이고, 그 유명한 소림의 사대금강과 어깨를 나란히 하고 소위 악당을 처치하러 가는 것이다.

마치 소설 속에 나오는 영웅이 된 기분이었다.

구룡상단의 문을 지키는 무사들은 모두 네 명이나 되었다. 그리고 문 앞에는 작은 가판대가 있어서 서생 한 명이 구룡상단에 들어오는 사람들의 이름을 적고 있다가 놀라서 자리에서 일어섰다.

문을 지키고 있던 무사들이나 서생이나 갑자기 백여 명이나 되는 무인들이 다가오자 긴장하지 않을 수 없었던 것이다.

더군다나 다가오는 사람들의 기세가 일반 무인들과는 전혀 달랐다. 서생은 빠르게 걸어나와서 이들을 맞이하였다.

"소생은 서사 오자산이라고 합니다. 실례지만 어디서 온 분들이신지요."

장칠고가 앞으로 나섰다.

"무림맹에서 왔다."

무림맹에서 왔다는 말에 서생의 입가에 엷은 미소가 걸렸다.

무림맹의 무사들이라면 자신이나 구룡상단에 함부로 하지 못한다는 것을 잘 알고 있었기 때문이다.

그들이 진 빚이 있기 때문이었다.

조금 당당해진다.

"아, 무림맹에서 오셨군요. 무슨 일로 오셨는지 저에게 말씀하시면 제가 안에 들어가서 먼저……."

"그놈 참, 말 많은 놈일세. 손님이 왔으면 문을 열 것이지, 무슨 말이 그리 많은 것인가?"

장칠고의 사나운 말투에 서생의 얼굴이 싸늘해졌다.

"여기는 구룡상단입니다. 말을 함부로 하지 말아주십시오. 그리고 지금 상단 안에는 단주님이신 왕금산 어른도 계십니다."

장칠고가 피식 웃었다.

"웃기는군. 그러니까 네놈은 지금 구룡상단과 왕금산의 이름을 팔아 무림맹을 겁주는 것이냐? 그런 것이냐?"

장칠고의 독사눈에서 살기가 뿜어지자 서생은 기가 질리는 것을 느꼈다.

"그, 그런 것이 아니라……."

"여기 계신 분은 관씨 성에 표 자를 쓰는 분이시다. 그리고 우리는 이분과 함께 정의를 실현하기 위해 온 무림맹의 무사님들이시다. 그러니까 개소리 말고 문이나 열어!"

장칠고의 시원한 말에 무사들은 속으로 박수를 쳤다.

그야말로 속이 시원했던 것이다.

그동안 구룡상단의 인물들이 돈 좀 있다가 뻐기던 것이 기억났던 것이다. 서생은 다시 대꾸를 하려다가 갑자기 얼굴이 새파랗게 질린 채 관표를 바라보았다.

이십대.

그 나이에 나이가 최소 삼십 이상인 무림맹 무사들의 수좌.

허리에 걸린 도끼 두 자루.

성질과 생긴 게 전부 고약한 수행인.

그리고 이름이 관표란다.

이래도 상대가 누구인지 모른다면 그건 멍청이다.

"투… 투왕!"

장칠고의 눈썹이 꿈틀거렸다.

"이런, 올챙이새끼가 감히 주군의 아호를 함부로 부르다니! 네놈이 구룡상단을 믿고 보이는 게 없구나!"

정말 검을 뽑을 기세였다.

서생의 허리가 땅바닥에 닿을 정도로 굽어졌다.

"제가 감히 투왕 관 대협을 몰라뵈었습니다. 지금 당장……."

그러나 그의 말은 관표의 냉정한 한마디에 끊어져야 했다.

"문 열어라."

"예?"

"문을 열라고 했다. 그리고 가서 왕금산에게 전해라! 지금 당장 뛰어나와서 자신의 죄를 인정하고 목숨을 구걸하면 죽이진 않겠다고."

그제야 상황이 심상치 않은 것을 눈치 챈 서생은 당황한 표정으로 말을 더듬었다.

"그, 그게 무슨 말씀이십니까? 죄라니요?"

"칠고."

"명!"

장칠고의 신형이 화살처럼 날아가서 발로 구룡상단의 문짝을 걷어 찼다. 네 명의 무사는 관표란 말에 이미 몸이 굳어 있던 상황이었고,

너무 갑작스런 일이라 놀라서 멍하니 구경만 하는 꼴이 되었다.

'꽝' 하는 소리와 함께 문이 활짝 열렸다.

걸쇠로 문을 걸어놓진 않았던 것이다.

관표는 이러지도 못하고 저러지도 못한 채 얼떨떨해 있는 네 명의 무사를 보고 물었다.

"네놈들은 한인이냐? 아니면 천축의 개들이냐?"

네 무사 중 한 명이 떠듬거리며 대답하였다.

"저희는 모두 한인입니다."

"그렇다면 가서 무사들에게 전해라. 구룡상단의 실질적인 주인은 바로 전륜살가림이고 왕금산은 그들의 개였다고."

서생의 얼굴이 하얗게 질리고 말았다.

"그, 그건……."

돌아온 장칠고가 단 일검에 서생의 목을 그어버리면서 말했다.

"네놈은 이미 알고 있었으면서도 개 노릇을 했으니 죽어 마땅하다."

머리가 하늘로 날아가고 피가 튀었다.

무림맹의 무사들 중 일부는 몸을 부르르 떨면서 어쩔 줄 몰라 했다. 무공은 강하지만 아직 사람 죽는 것을 보지 못했던 것이다.

"갈!"

관표의 호통에 무사들은 정신이 번쩍 들었다.

"우리는 놀러 온 것이 아니다. 자칫하면 자신이 저렇게 될 수 있다는 것을 명심하라!"

"명!"

우렁찬 고함 소리가 구룡상단이 있는 구릉 위로 메아리쳤다.

관표가 안으로 들어서자, 장칠고와 청룡단의 수하들은 문을 조금 더 활짝 열어젖혔다.

장칠고의 고함 소리에 놀란 구룡상단의 호위무사들이 검을 들고 뛰어나오는 중이었다.

"칠고."

"명!"

대답을 한 장칠고가 검을 든 채 달려오는 무사들을 보고 호통을 내질렀다.

"멈춰라!"

달려오던 무사들이 멈칫한다.

"우린 무림맹에서 왔고, 여기 계신 분은 투왕 관표 대협이시다! 우리가 오늘 이곳에 온 것은 구룡상단의 왕금산이 서쪽의 오랑캐인 전륜살가림과 내통했다는 것을 확인했기 때문이다. 중원의 한인으로서 이런 사실을 몰랐던 자라면 검을 놓고 한쪽으로 비켜서라! 아니면 모두 죽음을 면치 못할 것이다!"

장칠고의 호통에 무사들은 모두 놀라서 어쩔 줄을 몰라 했다.

장칠고의 말이 진실인지 아닌지를 떠나서 자신들은 구룡상단의 무사들이었다. 그리고 그들은 나름 용맹한 무사라 자부하던 자들이었다. 그러나 그것도 상대적이고 상황이란 것이 있게 마련이다.

주인이 서쪽 오랑캐의 앞잡이였다고 한다.

무림맹에서 거짓말을 하진 않았을 것이다. 그래서 이러지도 저러지도 못하고 엉거주춤할 수밖에 없었다. 더군다나 상대는 십이대초인 중 가장 강할지도 모른다는 관표였다.

뉘라서 함부로 할 텐가?

장칠고의 미간이 좁혀졌다.

"죽고 싶은 것이냐? 네놈들이 감히 검을 뽑고 덤비겠다는 것이냐?"

장칠고가 다시 한 번 호통치자, 검을 놓고 비켜서는 무사들이 속출했다.

관표는 무사들이 있는 사이를 향해 그냥 걸어갔고, 무림맹의 무사들은 그 뒤를 따라갔다.

관표 일행은 단숨에 구룡상단의 중심인 구룡전에 도착하였다.

거대한 누각 앞에는 약 삼백여 명의 무사가 도열해 있었고, 그 앞에는 십여 명의 노인이 서서 관표 일행을 기다리고 있었다.

이제 구룡상단의 핵심 인물들과 진정한 고수들이 나타난 것이리라.

관표 일행은 그들의 전면에 멈추어 섰다.

일현이 관표에게 다가와 십여 명의 노인들 중 바싹 마른 노인을 가리키며 말했다.

"저자가 왕금산입니다."

관표가 고개를 끄덕였다.

"칠고."

"명!"

장칠고는 앞으로 한 걸음 나서며 왕금산을 향해 말했다.

"네놈이 왕금산이냐?"

왕금산의 미간이 좁아졌다.

누군들 다짜고짜 욕을 먹으면 기분 좋겠는가? 그것도 새파랗게 어린 놈에게.

"어린놈이 말을 막 하는군. 네놈은 누구냐? 보아하니 도적놈의 얼굴인데."

"나는 여기 계신 관표님을 주군으로 모시고 있는 장칠고라 한다. 너는 네가 지은 죄를 잘 알겠지?"

"과, 관표라고. 정말 저자가 투왕 관표란 말이냐?"

관표는 주먹을 들어올렸다가 갑자기 앞으로 내밀었다.

우웅.

소리가 들리면서 그의 주먹에서 한 가닥의 강기가 뿜어져 나가 누각
앞에 있는 거대한 돌사자상을 강타하였다.

'퍽' 하는 소리가 들리는가 싶더니 한줄기 바람과 함께 돌사자가 모
래처럼 무너져 내렸다.

그 모습을 본 사람들의 입이 딱 벌어졌다.

지금 삼십이 안 된 나이에 이 정도의 무공을 펼칠 수 있는 것은 무후
백리소소를 빼면 관표뿐이란 것은 무림인이라면 어린애도 다 아는 사
실이었다.

왕금산의 얼굴이 푸들거렸다.

설마했는데 정말 투왕 관표가 나타난 것이다. 하지만 내심 그에게는
믿는 구석이 있었기에 침착할 수 있었다.

"관 대협께서 이 구룡상단엔 무슨 일로 오신 것입니까?"

일단 목소리가 낮아진다.

관표 정도라면 될 수 있는 한 피해 가는 것이 좋다.

"내가 온 이유를 말하겠다. 하나, 구룡상단은 무림맹에 부지와 건물
을 빌려주면서 지하에 비밀 분타를 만들어놓고 무림맹에서 회의하는
모든 것을 감청했다. 둘, 구룡상단과 왕금산이 전룡살가림의 주구임이
드러났다. 셋, 죄없는 중원인들을 납치하거나 노예로 사다가 전룡살가
림이 혈강시로 만드는 데 보내주었다. 그래서 무림맹에서는 그 죄를
물어 구룡상단과 왕금산을 공적으로 선언한다. 그리고 지금 너를 잡아

다 무림맹으로 가서 그 죄를 물으려 한다. 그러니 자신의 죄를 인정한 다면 스스로 포박을 받아라. 증거가 확실하므로 왕금산 당신의 변명은 듣지 않겠다."

왕금산의 얼굴이 굳어졌다.

상황을 눈치 챈 것이다.

그렇다면 변명을 해도 소용없을 것이다.

"흐흐, 눈치를 챘구나. 그런데 너희만 온 것이냐?"

"우리만으로 충분하다."

왕금산의 입가에 회심의 미소가 어렸다.

"네놈, 네가 비록 십이대초인 중 한 명으로 대단하다는 것은 인정한 다만, 넌 오늘 잘못 왔다. 아니, 구룡상단을 너무 우습게보았다."

관표가 빙긋이 웃었다.

"그거야 두고 볼 일. 네놈의 말이 끝났으면 이제 죽을 때가 된 것이 다."

관표의 말이 끝나기가 무섭게 무림맹의 고수들은 득달같이 달려나 갔다.

이미 서로 약속이 되어 있었던 것이다.

"쳐라! 모두 죽여라!"

왕금산도 급하게 명령을 내리면서 뒤로 물러섰다.

"와아!"

고함 소리와 함께 구룡상단의 삼백여 고수가 우르르 몰려나와 무림 맹의 무사들과 뒤섞여 들면서 피가 튀기 시작했다.

관표가 왕금산이 있는 곳으로 걸음을 옮기자, 십여 명의 노인 중에 네 명의 노인이 앞으로 걸어나왔다.

노인들의 얼굴엔 살기가 가득했다.

그들 중 한 노인이 말했다.

"네놈이 관표라고 했느냐? 흐흐, 하늘이 도와 너를 만나게 되는구나."

"내가 무척 보고 싶었나 보군."

"당연하지."

"그럼 시작할까?"

"네놈은 우리가 누구인지 궁금하지도 않느냐?"

"그게 왜 궁금하지? 어차피 죽으면 그만인데."

"그도 그렇군. 그래도 알는 뒤라. 우리가 사령혈교의 사대호법이니라. 본래 네놈의 여자에게 볼일이 있었지만, 그년 대신 네놈이라도 죽여 그년에게 복수를 해야겠다. 하늘에 계신 담 교주님에게 우리가 보내서 왔다고 전하거라!"

관표의 안색이 약간 굳어졌다.

설마 사령혈교의 사대호법을 여기서 만날 줄은 생각지도 못했던 것이다. 이들은 모두 사령혈마 담대소와 같은 시기의 마두들로 이들 두 명이면 십이대초인을 이길 수 있을 것이란 말이 있을 정도로 강한 자들이었다.

실제 육십 년 전 이들 두 명과 소림의 원각 대사가 사백여 합을 겨루고 무승부로 끝났던 적이 있었다. 그게 아니라도 사도무림의 하늘이라는 사령혈교에서 담대소를 빼고 무공이 가장 강하다는 네 명이 바로 이들이었다.

강호에서는 이들을 사사령(四死靈)이라고 불렀다.

결코 만만한 상대가 아니었다.

그것도 넷이 협공을 한다면 더더욱 그랬다.

왕금산이 자신했던 이유를 알 것 같았다.

'사령혈교가 전륜살가림의 주구였고, 구룡상단 또한 그러니 이들이 여기 있는 것도 이상한 일은 아니구나.'

단지 그 연관성은 알고 있었지만 설마 이곳에 저들이 나타날 줄은 정말 누구도 예상하지 못한 일이었다. 그리고 관표는 남아 있는 여섯 명의 노인도 만만치 않은 상대들임을 알 수 있었다. 그러나 그들 정도라면 함께 온 무사들이 이겨낼 수 있었다.

단지 쉽지는 않을 것 같았다.

관표는 한월을 꺼내 들었다.

날카로운 도끼날이 햇빛에 반짝거린다.

"간다!"

갑자기 관표의 신형이 앞으로 쭈욱 튀어나갔다.

나란히 서서 관표에게 다가오던 사사령의 네 노인이 흠칫하는 순간 관표의 도끼가 허공을 날아갔다.

"헉!"

바람을 가르고 날아오는 도끼에 질린 정면의 노인은 자신도 모르게 고개를 돌려 피하고 말았다.

노인이 피하는 순간 도끼는 아슬아슬하게 피한 노인의 머리카락 몇 개를 자르고 뒤로 스쳐 날아갔다. 그런데 노인을 스친 도끼가 더욱 빨라지면서 오히려 날아가는 소리마저 작아졌다.

도끼를 피한 사사령의 노인은 뭔가 이상하다고 생각하며 뒤를 돌아보곤 눈이 커졌다.

"위험. 피……."

노인은 말을 다 할 수가 없었다.

당장 무시무시한 관표의 수영이 그의 전신을 압박해 오고 있었던 것이다. 맹룡십팔투 중 가장 기본 무공인 용형삼십육타였다.

"너나 조심해라, 늙은이!"

"이익!"

노인의 쌍장이 무섭게 회전하면서 두 가닥의 경기가 관표의 공격을 차단하려 하였다. 그리고 그 순간, 사사령의 뒤쪽으로 날아간 한월은 막 천문의 수하들을 향해 다가서던 여섯 명의 노인 중 두 명의 노인을 한 번에 스치고 다시 돌아오는 중이었다.

'타다닥' 하는 소리가 들리면서 관표의 주먹과 발이 노인의 몸을 차고 돌아서면서 협공해 오는 노인들의 공격을 차단함과 동시에 교묘하게 뒤로 빠져나갔다.

그리고 돌아온 한월을 한 손으로 잡을 때, 한월이 스치고 간 두 노인의 목이 맥없이 툭 떨어지면서 피가 하늘로 솟구쳐 올랐다.

근처에 있던 네 명의 노인이 기겁해서 죽은 두 노인을 바라보았고, 왕금산은 창백하게 질린 얼굴로 관표 쪽을 돌아보았다.

지금 사사령과 싸우는 중일 텐데 언제, 어떻게?

왕금산은 혼이 나간 표정이었다.

두 명의 고수를 죽이고 돌아온 한월을 잡은 순간, 관표는 광월참마부법의 초식 중 네 가지를 한꺼번에 펼치면서 네 명의 노인을 공격해 갔다. 동시에 왼손으로는 십절기 중 용형십삼장을 펼치며 도끼의 공격을 보조하였다.

삽시간에 사방 십 장 안이 손과 도끼의 그림자로 뒤덮였다.

사사령의 수좌인 금백의 안색이 조금 굳어졌다.

상대는 생각했던 것보다 더욱 강한 것이다.

그렇다고 겁을 먹은 것은 아니었다.

"흐흐, 역시 대단하구나."

금백은 감탄을 하면서도 양손으로 기묘한 도형을 그려내었다.

추심사령장(追心死靈掌)을 펼친 것이다. 그러자 나머지 세 명의 사사령도 같은 초식을 펼치면서 관표를 공격해 왔다. 이들은 한 사부 밑에서 동문수학한 사형제들로 같은 무공을 익혔으며, 그런 만큼 협공에 능했다.

휘리릭.

작은 소음이 들리면서 사방에서 기파가 충돌하고 터져 나갔다. 관표는 자신의 공격이 네 명의 협공에 밀리는 것을 느끼자, 급박하게 탈명수월의 초식으로 바꾸었다.

'치리릭' 하는 소리와 함께 관표의 도끼가 네 노인을 압박해 갔다. 그러자 이번에는 네 노인이 초식을 바꾸었다.

관표는 급하게 뒤로 물러섰다.

초식을 펼치다가 바로 거두고 갑자기 물러선 것이다.

네 노인은 관표가 뒤로 물러서자 약간의 여유도 두지 않은 채 바로 공격을 이어왔다.

관표는 얼른 한월을 자신의 허리에 착용하면서 잠룡보법을 펼쳐 신형을 우측으로 돌려 이들의 공격을 회피하였다. 그러나 사사령의 공격은 피하려 한다고 해서 쉽게 피할 수 있는 게 아니었다.

관표의 신형이 휩쓸리면서 그 힘에 의해 주춤거렸다.

금백의 입가에 얼핏 미소가 어릴 때였다.

"가라!'

고함과 함께 관표의 신형이 흩어졌다. 그리고 허공에 용형의 강기가 똬리를 틀고 앉았다가 서서히 사라졌다.

관표가 주춤거리며 뒤로 서너 걸음 물러섰고, 그와 동시에 사사령 중 한 명의 머리가 모래처럼 부서져 내리고 있었다.

"으으."

나머지 세 명의 사사령은 치를 떨며 몸을 부들부들 떨고 있었다.

순간적으로 관표의 신형을 놓쳤다. 쉽게 자신들의 공격에 휩쓸리자 순간적으로 상대를 쉽게 봤다. 그리고 그 한 번의 방심이 돌이킬 수 없는 결과로 나타난 것이다.

강하단 말은 들었다. 그러나 나이가 있다. 그래서 들리는 소문의 반만 믿었다. 그래서 관표의 속임수에 너무 쉽게 넘어간 것이다.

사사령의 첫째는 죽어 있는 둘째를 보면서 내심 한기가 드는 것을 느꼈다.

'우리 네 명이 협공을 하게 되면 확실히 강하다. 그걸 알고 우리를 흩어놓은 다음 절세의 보법을 이용해서 둘째와 일 대 일을 만들고 일격에 격살했다. 비록 우리가 방심했다곤 하지만 이놈은 강하다. 그리고 싸울 줄 아는 놈이다.'

어떤 상황을 감안하더라도 관표가 마지막에 보인 보법과 수강은 절세무쌍이란 말이 조금도 부족하지 않은 무공이었다.

인정해야 한다. 상대가 강하다는 것을 인정하지 않으면 또다시 실수를 할 수 있었다.

사사령은 심호흡을 하였다.

第十二章
궁주출현(宮主出現)
—그분을 기다려야 한다

사사령의 첫째가 심호흡을 한 순간이었다.

"이제 다시 한 번 시작해 볼까?"

냉정한 외침과 함께 관표가 화살처럼 사사령을 향해 몸을 날렸다. 다시 한 번 정면 공격을 감행한 것이다.

"조심하라! 흩어지지 마!"

첫째의 고함 소리와 함께 다른 두 명의 사사령도 일제히 절기를 펼치며 관표를 향해 장력을 쏘아 보냈다.

관표의 손이 연이어 뒤집어지면서 광룡살수가 폭포수처럼 뿜어져 세 명의 사사령을 공격해 갔다. 무시무시한 살기가 관표의 전신을 휘감아 돈다. 그러나 사사령 또한 결코 만만치 않은 상대들이었다.

"이놈! 이번엔 쉽지 않을 것이다."

차가운 외침과 함께 사사령의 첫째는 자신의 절기 중 최고의 살수인 쇄혼수를 펼쳤다.

십대마공 중에서도 상위권에 있는 무공으로 강호상에서 백 년 이상 나타나지 않았던 마공이었고, 그는 이 마공을 십일성까지 완성한 상황이었다.

관표는 상황이 심상치 않다는 것을 눈치 채자 망설이지 않고 삼절황의 무공인 맹룡분광수의 섬룡을 펼쳤다. 광룡살수를 펼치는 중간에 초식을 바꾼 것이다.

그의 전신에서 문신을 새긴 것처럼 용의 형태가 꿈틀거리며 창룡음이 은은하게 울려 나오기 시작했다. 그 소리에 한참 드잡이질을 하던 양측의 무사들이 모두 손을 멈추었다.

'타다닥' 하는 소리가 들리면서 네 가닥의 강기가 엉켜들었다.

관표의 공격은 무서울 정도로 빨랐다.

사사령들은 마치 세 명의 관표와 대결하는 것 같은 착각에 빠졌들 정도였다.

물 한 모금 마실 시간에 사사령은 합해서 열일곱 번을 공격했고 열여섯 번을 방어하였다.

삼 대 일의 대결에서.

"빌어먹을."

사사령들은 자신도 모르게 욕지기가 나왔다.

도무지 믿을 수가 없었던 것이다.

관표가 사용하는 무공이 무엇인지 모르겠지만 십대마공 중에서도 상위 서열인 쇄혼비가 위력과 빠르기에서 밀리고 있었던 것이다.

더군다나 자신들은 쇄혼비를 십일성이나 터득한 상황이었다.

사실상 무공은 십성까지 터득하면 완전히 터득했다고 말한다.

공수가 자유롭고 초식을 펼치는 데 막히는 것이 없으며, 원하는 곳에 진기가 저절로 도달한다. 그리고 그 초식이 완전히 자신의 위력을 가지는 단계, 그것이 바로 십성의 단계이고, 수많은 무인들이 그 단계를 밟아보지도 못하고 좌절하는 경우가 허다했다.

그럼 십일성의 단계는 무엇인가?

그것은 이미 초식의 단계를 넘어서고, 원래 그 무공이 가지고 있던 위력 이상의 깨달음을 얻는 단계를 말한다.

이는 뜻이 일면 저절로 초식으로 풀어져 나가고 상대가 공격을 펼치면 저절로 몸이 그에 대항해서 초식을 펼치는 단계다.

또한 급작스럽게 공수를 펼쳐도 그 힘이 쇠하지 않는다.

이것이 바로 십일성의 단계다.

보통 이 단계에 도달하면 같은 무공을 익혔다고 해도 십성에 달한 고수가 둘이 협공을 해야 동수를 이룰 수 있을 정도로 차이가 난다.

별 볼일 없는 초식이라도 십일성에 달하면 결코 무시할 수 없는 수준이 된다. 그런데 쇄혼비를 십일성 터득한 사사령의 세 명이 힘을 합하고도 상대를 제압하지 못하고 있었던 것이다.

오기가 치밀어 오른다.

"이노옴!"

고함과 함께 사사령의 수좌인 금백의 쇄혼비가 은은한 청색으로 변해갔다. 이는 곧 쇄혼비를 극성까지 끌어올렸다는 의미였다.

금백이 자신의 모든 힘을 다 쏟아 붓자 다른 두 명의 사사령도 십성 이상의 공력으로 쇄혼비를 펼치려 했다.

한데 바로 그 순간, 관표는 잠룡둔형보법의 삼대비기 중 잠룡신강보법을 펼치면서 금백의 면전으로 쏘아갔다.

동시에 관표의 손에선 맹룡분광수의 광룡이 펼쳐졌다.

삼절황의 절기 중 두 가지가 동시에 펼쳐진 것이다.

금백은 한 마리의 용이 자신의 가슴을 향해 안겨오는 것을 보았다. 그것은 마치 태몽을 꾸는 듯한 기분이었다.

용이 품으로 날아와 안기는 꿈.

'퍽', '퍼벅' 하는 둔탁한 소리가 연이어 짧게 들리는가 싶더니, 금백의 몸이 뒤로 일 장이나 주르륵 밀려나갔다.

관표가 금백을 공격할 때, 두 명의 사사령은 필생의 공력을 모아 관표를 협공해 왔다. 그런데 관표는 두 사람의 공격을 완전히 무시하고 금백을 향한 공격을 멈추지 않았다.

관표의 손에서 뿜어져 나간 용이 금백의 가슴을 파고드는 순간, 두 사람의 쇄혼비도 관표의 몸에 비껴 맞았다.

비록 정통으로 맞은 것은 아니지만, 그 정도면 상대를 충분히 상하게 만들 정도는 되었다. 그러나 관표를 공격한 두 사람은 오히려 보이지 않는 강력한 힘에 의해서 뒤로 밀리고 말았다. 그리고 관표의 신형이 이번에는 잠룡어기환으로 바뀌면서 빛살처럼 사사령의 셋째에게 날아갔다.

셋째는 젖먹던 힘까지 다 뽑아내어 쇄혼비를 펼쳤다. 그러나 그 순간, 관표의 신형이 허공에서 기묘하게 꿈틀거리더니 쇄혼비의 강기를 피하면서 그의 발이 사사령의 셋째의 턱을 걸어차 버렸다.

광룡폭풍각이 펼쳐진 것이다.

'퍽' 하는 소리가 들리더니 셋째 사사령의 얼굴이 턱부터 날아가 버렸다. 그리고 셋째가 죽는 순간 사사령의 수좌인 금백의 몸도 앞으로 쓰러졌다.

그는 가슴이 완전히 으스러져 있었다.

이제 남은 것은 사사령의 막내인 하성인 한 명밖에 없었다.

하성인은 물론이고 지켜보던 왕금산 등은 몸을 부르르 떨었다.

실제로 물 몇 모금 마실 사이에 사사령의 세 명이 죽은 것이다.

무림맹의 무사들조차 환호를 지르지 못하고 경이적인 시선으로 관표를 바라본다.

그들은 모두 무림에서 나름 위치를 지닌 고수들인지라 사사령이 누구인지 잘 알고 있었으며, 그들이 펼친 무공이 무엇인지 어느 정도 눈치 채고 있었다.

결코 관표라 해도 쉽지 않을 것이라고 생각했던 것이다.

제일 먼저 정신을 차린 것은 장칠고였다.

"으하하! 역시 주군이십니다."

그 소리에 무림맹의 고수들은 정신이 번쩍 들었다.

"와아!"

함성이 구룡상단의 건물을 통째로 들었다 놓을 것처럼 터져 나왔다.

"이 기회다! 한 명도 도망가지 못하게 하라!"

신이 난 장칠고는 자신도 모르게 고함을 지르며 다른 사람들에게 명령을 내리고 말았다.

자신은 주군의 대행이라는 생각이 강했던 장칠고였기에 할 수 있는 행동이었다. 그런데 장칠고의 그 명령은 정말 적절했고, 그 누구도 장칠고의 명령에 토를 달지 않았다.

그것은 장칠고보다는 관표에 대한 경외감 때문이었다.

관표의 위상은 그의 수하인 장칠고의 위상까지 한 번에 몇 단계를 올려놓은 것이다.

"와아!"

다시 한 번 고함이 터지면서 무림맹의 고수들이 벼락처럼 구룡상단의 고수들을 향해 달려들었다.

이미 사기가 꺾인 구룡상단의 무사들은 더 이상 적수가 아니었다.

도망가던 왕금산은 장칠고가 던진 검에 다리를 맞고 쓰러졌고, 그 순간 일현 도장이 달려들어 사로잡아 버렸다.

네 노인의 무공도 대단했지만 무림맹에서 온 백 명의 고수는 모두 각파에서 차출한 정예 고수들이었다. 그들 네 명이 뭘 할 수 있겠는가? 한꺼번에 서너 명의 고수가 달려들자 제대로 반항 한 번 못하고 죽어 갔다.

남은 사사령의 막내인 하성인은 기가 막혔다.

누굴 도와줄 처지도 아니었다.

갑자기 회한이 몰려왔다.

자신이 왜 이 자리에 서 있나 하는 생각까지 들었다.

죽으면 아무것도 아닌 인생인데, 왜 이렇게 고된 인생을 살았는지 후회가 몰려오기도 했다.

고개를 흔들었다.

"정말 대단하다. 투왕의 전설이 결코 허언이 아니었구나. 지금 너 정도의 무공이라면 담 교주님이 살아 계셨어도 결코 쉽게 이길 수 없는 경지다. 어차피 피를 묻히고 살아온 무인이니 죽을 때 너 같은 고수의 손에 죽는 것도 명예겠지."

그 말에 관표가 고개를 흔들며 말했다.

"명예라고 했습니까? 그건 동의할 수 없는 말입니다."

"무슨 뜻이냐? 네가 무공이 조금 강하다고 나를 우습게보는 것이냐?"

"무공이 강하다고 해서 명예가 생기는 것은 아닙니다. 내가 보기엔 당신에겐 지켜야 할 명예가 없습니다. 지금까지 당신은 얼마나 다른 사람의 명예를 생각해 주었습니까? 아니, 당신 손에 죽은 죄없는 사람들이 얼마인지 생각해 보십시오. 당신은 인간 중에 말종일 뿐입니다. 그런 자에게 무슨 명예가 있겠습니까?"

하성인은 몸을 부르르 떨었다.

감정이 격해졌다. 그러나 대답을 할 수가 없었다.

"잘 가시오."

관표의 손에서 한월이 번개처럼 날아가 하성인의 머리를 부수고 돌아왔다. 관표의 말로 인해 감정이 격해졌을 때라 미처 반항 한 번 못해 보고 허무하게 죽은 것이다.

그렇게 구룡상단은 세상에서 지워졌다. 하지만 아직 다 끝난 것은 아니었다. 이미 무림맹에서 약조한 대로 구룡상단의 재화와 재산을 나누어 무림맹과 무림맹에 속한 문파들에게 골고루 분배하는 문제가 남아 있었다. 그러나 그것은 군사인 백리소소와 장로원에서 할 일이었다.

구룡상단이 무너졌다.

단순하게 무너진 것만이 아니었다.

그들은 전륜살가림의 주구였다고 한다.

더군다나 이번 일로 인해 사령혈교도 전륜살가림의 분타에 불과했음이 만천하에 공개되었다.

충격의 연속이었다. 그러나 중원은 또 다른 면에서 환호했다. 비록 충격적인 일은 있었지만, 그것을 상쇄하고도 남을 만한 영웅이 나타났을 뿐만 아니라, 전륜살가림에서 가장 무공이 강한 삼존 중 한 명이자 십이대초인 중 한 명인 사령혈마 담대소가 죽었기 때문이다.

그뿐 아니라 담대소가 교주로 있던 사령혈교의 사사령이 구룡상단 안에서 관표에게 죽었다.

그것만으로도 사람들은 충분히 환호하고 있었다.

이제 무림에서 관표와 백리소소는 최고의 영웅이었고, 최고의 신화였다. 그리고 도종과 마종이 무림맹에 가입해서 함께 전륜살가림과 싸울 거라는 이야기가 돌면서 강호무림은 더욱 고조되었다. 그리고 수많은 무인들이 무림맹으로 흘러가기 시작했다.

무림맹에서 대대적으로 문호를 개방하고 신원이 확실한 무인들은 모두 맹원으로 받아들이기로 한 때문이기도 했으며, 어차피 전륜살가림과의 일전이 불가피해지면서 작은 군소방파들은 무림맹의 그늘 아래서 함께 뭉쳐 싸우는 것이 그나마 살길임을 알고 있었기 때문이다.

이전에는 구파일방이나 오대세가 중심의 무림맹이었기에 그곳에 들어가서 존재감이 사라지는 것 같아 망설이던 군소방파들의 생각이 바뀌었다.

백리소소가 그 부분에 대해서 독자성과 그들 나름대로의 역할성을 확실하게 부여했기 때문이었다. 그리고 될 수 있으면 자신이 원하는 고수와 함께 싸울 수 있게 의견을 수렴해 주었고, 대문파의 제자들이 군소방파의 제자들에게 무례할 경우 규칙을 만들어 엄하게 다스렸기 때문이다.

그 부분에 대해서 맹주나 장로원이 모두 승인을 했기에 대문파의 제자들도 조심할 수밖에 없었다.

이렇게 구룡상단이 무너지고 무림맹이 무섭게 커가고 있었지만 전륜살가림의 움직임은 여전히 미미하기만 하였다.

　광동성 북서쪽에 있는 정호산은 아주 높은 산은 아니지만 깊고 험하기로 유명한 산이었다. 이 산 깊은 곳에 있는 불회곡(不回谷)은 많은 사람들에게 절대로 가서는 안 되는 장소 중 한 곳으로 알려진 곳이었다.
　들어가면 돌아오지 못하는 곳.
　사람들은 이곳을 신의 저주가 내린 곳이라고 하였으며, 일부는 귀신이 사는 계곡이라고 불렀다. 그러나 이 계곡 안으로 들어가면 거대한 성채가 있고, 성안으로 들어가면 절벽과 절벽 사이에 수많은 고루거각들이 들어서 있다는 것을 아는 사람은 거의 없었다.
　이곳이 바로 마종이라고 불리는 여불휘가 다스리는 존마궁이었다.
　지금 존마궁 지하 석실엔 이십여 명의 인물이 모여 있었다.
　그들은 모두 삼, 사십대의 장정들이었고, 세 명의 노인이 배석해 있었다.
　사십대의 강인한 얼굴의 장정이 계피학발의 노인을 보고 말했다.
　"궁주님이 살아 계신 것이 확실합니다. 뿐만 아니라 도산님도 살아 계신다고 합니다."
　노인의 입가가 실룩거렸다.
　회한 어린 그의 표정에 어떤 희망이 떠올랐다. 그래도 설마하는 시선을 감추진 못했다. 그만큼 궁주인 여불휘의 죽음을 기정사실로 받아들이고 있었던 것이다.
　"그게 사실이냐?"
　"사실인 것 같습니다. 뿐만 아니라 그분은 현재 불패도라 불리는 도종 귀원님과 새로이 십이대초인이 된 투왕 관표님, 그리고 낭인검 호치백님과 의형제를 맺고 그분들과 힘을 합해 담대소를 죽였다고 합니다."

"뭐, 뭐라고?! 그게 정말이냐?"

"분명합니다."

"궁주님이 살아 계신 것도 놀라운데, 천하의 담대소가 죽다니……."

"저도 믿을 수 없어 몇 번이나 확인한 사실입니다."

듣고 있던 사람들의 표정이 밝아졌다.

환호라도 하고 싶은 심정들이었지만 그들은 자신들의 처지를 잘 알고 있었다. 그러나 모두들 들떠 있는 모습들이었다.

세 노인은 애써 마음을 진정시키려 하였다.

잠시 숨을 돌린 계피학발의 노인이 다시 한 번 물었다.

"그것을 어찌 알았느냐?"

노인이 의문을 가진 것은 당연했다.

사령혈교가 존마궁을 완전히 장악한 후 현재 활동할 수 있는 것은 사령혈교에 가담한 배신자들뿐이었다. 그 외에 수많은 궁도들이 죽어 갔고, 그나마 겨우 목숨을 부지한 채 그들의 명령을 따르는 척하는 수하들이 백여 명 있을 뿐이었다. 그러나 그 백여 명도 철저하게 격리되어 있어서 밖의 소식을 듣기가 어려웠던 것이다. 그런데 이런 고급 기밀에 속하는 소식을 가져왔으니 일단 확인 절차가 필요했던 것이다.

장정은 자신있게 대답하였다.

"월이를 통해서 들었습니다."

노인의 얼굴이 굳어졌다.

"궁주님의 시녀였던 월이 말이냐?"

"예, 장로님."

"그녀가……!"

노인은 그 다음 말을 잇지 못했다.

월이.

길가에 버려진 여아를 존마궁의 고수가 데려다 키웠다.

나이가 들면서 그 미색이 반반하고 영리해서 궁주의 시녀가 되었고, 존마궁이 사령혈교에 넘어가면서 존마궁의 대리 궁주인 오가위의 시녀가 된 그녀였다.

물론 그것은 그녀의 의사와는 전혀 상관이 없었다.

"참으로 많은 신세를 지는구나."

모두들 숙연한 표정이었다.

시녀의 신분인 그녀가 이런 고급 정보를 얻기 위해서 어떤 짓을 해야 했을지 능히 짐작할 수 있었던 것이다.

계피학발의 노인은 고개를 한 번 도리질하고는 말했다.

"그랬어. 검마제 그 배신자가 보이지 않는다 했더니, 궁주님을 쫓다가 죽은 거였군."

"그렇습니다. 그녀가 말하길 궁주님은 담대소와 검마제에게 쫓기다가 지금 의형제를 맺은 분들의 도움으로 살아나셨다고 합니다."

"정말 하늘이 도우셨구나. 그런데 투왕 관표라니? 새로 십이대초인이 되었고 궁주님과 의형제를 맺었다면 나이가 적어도 육십은 되었을 터인데, 내가 들어보지 못한 이름이군."

"아무래도 심산유곡에서 무공을 수련하다가 나온 분이 아닌가 합니다."

"그렇겠지. 참으로 다행한 일이다. 그렇게 모욕을 당하고도 살아 있었더니 결국 이런 날이 왔구나. 이제 죽어도 여한이 없다. 언제고 그분이 우리들의 한을 풀어주실 것이라 믿는다."

노인은 격한 감정을 눌러 참는 것 같았다.

계피학발의 노인 옆에 있는 노인 역시 감정을 억누른 목소리로 말했다.

"어떻게 보면 참으로 기적 같은 일입니다. 검마제가 죽으면서 이곳 밀실이 들통나지 않았고, 살아남은 우리들이 이렇게 모일 수 있었던 것부터가."

노인의 말대로 그것은 불행 중 천만다행한 일이었다.

이곳 밀실은 존마궁 서열 사위까지만 아는 비밀 장소였다.

그런데 반란을 일으킨 검마제가 죽고 철마 유정이 죽으면서 마종 여불휘 외에 존마궁 서열 삼위인 문지공만이 이 장소를 아는 유일한 인물이 되었던 것이다.

계피학발의 노인이 바로 존마궁 서열 삼위인 철마도(鐵馬刀) 문지공이었다. 그는 존마궁에서 철마 유정과 함께 마종의 최측근이었다.

존마궁을 정복한 사령혈교는 자신들에게 협조한 자들을 뺀 나머지 궁도들을 무자비하게 살해하였다. 그리고 살아남아서 잡힌 자들은 모두 혈을 점해 무공을 전폐시킨 후 노역자로 써먹거나 옥에 가두어 버렸다.

문지공은 사령혈교의 고수들을 다섯이나 죽이고 사로잡혔다.

무공이 전폐되었을 때는 죽고 싶었지만, 자신마저 죽으면 존마궁 내에 살아남은 사람들의 중심이 없어질 거란 사실을 생각하고는 치욕을 감내하며 살아남았다.

모욕을 참은 채 그들이 시키는 노역을 꾸준히 감내하였다. 그리고 기회를 봐서 이곳으로 숨어든 것이다.

검마제가 궁주를 쫓아갔다가 돌아오지 못한 것은 하늘이 그에게 준 기회라 할 수 있었다.

원래 이곳 밀실은 궁주가 폐관수련하던 곳으로 물과 벽곡단이 항상 충분하게 구비되어 있는 곳이라 숨어 있기에는 안성맞춤이라 할 수 있었다.

일단 숨어서 기회를 보던 문지공은 살아남은 두 명의 장로 외에 믿을 수 있는 궁도들을 한두 명씩 포섭해 갔다. 그러나 그들을 이곳으로 끌어들이진 않았다.

갑자기 궁도들이 사라지면 사령혈교에서 수상하게 여길 것이라 생각한 때문이다.

문지공과 두 명의 노인이야 다 늙은 폐인들이라 생각했는지 사라졌어도 크게 신경 쓰지 않는 것 같았다. 사라졌을 때만 찾는다고 야단법석을 떨다가 그냥 사망 처리한 듯했다.

그렇게 포섭된 젊은 궁도들은 그들 속에 섞여 있으면서 정보를 모아 적아를 구분하고, 밖에서 들리는 소문을 수소문하여 안에 알려주곤 하였다. 그러나 그들이 세상의 소식을 알 수 있는 방법은 별로 없었다. 그래서 실제로 존마궁 외의 일엔 거의 무지한 편이었다.

그렇게 지금까지 겨우 목숨을 부지한 채 숨어 살아온 것이다. 그리고 모처럼 틈을 보아 이십여 명이 모여서 그동안 모은 정보들을 문지공에게 보고하는 중이었던 것이다.

문지공은 가볍게 한숨을 쉬면서 말했다.

"그렇지만 무공도 사용하지 못하는 우리가 무엇을 할 수 있겠는가? 그분에게 피해만 줄 뿐이지."

그 말에 모두들 의기소침해진다.

문지공은 좌중의 분위기가 침중해지자 고개를 저으며 말했다.

"그렇다고 모두 넋을 놓고 있을 텐가? 무엇인가 할 수 있는 일들을 찾아보게."

노인의 말에 처음 보고를 했던 장정이 힘있게 말했다.

"그렇습니다. 우리도 하는 데까진 준비를 하고 궁주님을 기다려야 합니다."

"나는 벌써 와 있네."

갑자기 들린 말에 소스라치게 놀란 장정들과 노인들이 소리가 난 곳으로 고개를 돌렸다.

그곳에는 강인한 인상의 장년인이 서 있었다. 그리고 장년인의 뒤엔 건장한 청년 한 명이 철검을 들고 서 있었다.

第十三章
폭풍전야(暴風前夜)
—화살 받이가 될 수도 있었습니다

모두들 놀라서 벌떡 일어섰을 때, 문지공이 떨리는 목소리로 말했
다.

"구, 궁주님."

그 말이 시작이었다.

밀실에 있던 모든 사람들이 그 자리에서 오체복지했다.

"궁주님!"

"쉿, 모두 조용히 해라. 내가 이곳에 온 것을 사령혈교에 알릴 참이
냐?"

"크흐흑."

그들은 엎드린 채 소리 죽여 오열하기 시작했다.

모두들 그동안 참았던 감정을 다스리지 못하고 있었다.

인생을 굴곡있게 살아온 계피학발의 문지공조차 감정을 주체하지

못하고 연신 손으로 눈가를 훔치는 중이었다.

마종은 그동안 이들이 얼마나 많은 사연을 간직하였는지 능히 짐작할 수 있었다.

"이제 그만. 우는 것은 존마궁을 찾고 나서부터다. 지금은 한시라도 빨리 움직여서 존마궁을 되찾아야 한다. 모두 고개를 들라!"

모두 고개를 들고 마종을 바라보았다.

이때 도산은 여불휘의 뒤에 서 있는 청년을 보고 반가운 표정으로 말했다.

"산아, 너도 돌아왔구나."

도산은 참았던 반가움을 감추지 못했다.

"사숙, 제가 돌아왔습니다. 그런데 어쩌다가 그리되셨습니까? 제가 사숙인 줄 못 알아볼 뻔했습니다."

"나는 그래도 괜찮다. 살아서 너를 보고 궁주님을 뵈었으니 더 무엇을 바라겠는가?"

문지공 외에 두 노인도 여불휘에게 인사를 하고 도산과 인사를 나눈다. 두 노인 모두 도산에게는 사숙이었다.

잠시 어수선한 인사가 끝나자 문지공이 여불휘에게 물었다.

"그런데 어떻게 이곳으로 들어오신 것입니까?"

"이곳엔 존마궁의 궁주만이 아는 비밀 통로가 두 곳이나 있다네. 하나는 존마궁의 궁주실로 연결되어 있고, 하나는 궁 밖으로 연결되어 있지."

어떻게 생각해 보면 그것은 당연한 말이었다.

궁주가 비밀리에 무공을 수련하는 곳인데 그 정도 비밀 통로가 없다면 그것은 거짓말일 것이다.

문지공이나 두 노인 또한 그것을 감안하고 수련실의 비밀 통로를 찾으려고 무진 애를 썼었다. 그러나 지금까지 흔적도 찾지 못했다.

　문지공은 그 은밀스러움에 새삼 놀랐다가 갑자기 무엇인가 생각난 듯 여불휘를 보고 말했다.

　"궁주님, 어서 이곳을 나가셔야 합니다. 우리는 모두 무공을 제압당해 철검 한 자루도 겨우 들 정도입니다. 저희는 궁주님을 뵌 것만으로 충분합니다. 죽어서도 궁주님을 기다릴 터이니 충분한 힘과 세력을 만드셔서 저희를 구하러 와주십시오. 지금 궁주님 혼자의 힘으로는 안 됩니다."

　"문 장로."

　"예, 궁주님."

　"왜 내가 혼자 왔다고 생각하는가? 내가 그렇게 어리석은 사람으로 보이는가?"

　문지공의 눈이 반짝였다.

　생각해 보니 혼자 올 것 같았으면 벌써 예전에 왔을 것이다.

　"그렇다면······."

　여불휘가 자신이 서 있는 뒤쪽 돌벽을 보고 말했다.

　"모두 들어오시오."

　그러자 거짓말처럼 돌벽이 반으로 갈라지면서 안으로 수십 명의 사람이 걸어 들어왔다. 모두들 놀라서 그들을 바라보았다.

　들어온 사람들은 이십여 명이었는데, 그들 중 얼굴로 면사를 가린 중년의 여인도 있었다. 여불휘는 제일 먼저 그 중년 여인을 가리키며 말했다.

　"이분이 백봉화타 소혜령님이시다."

"의… 의종."

문지공은 자신도 모르게 목소리가 떨려 나왔다.

"철마도 문지공입니다. 죽기 전에 의종 소혜령님을 만나뵙게 될 줄은 꿈에도 생각하지 못했습니다."

"민망스럽습니다. 문지공님의 이야기는 여 대협께 많이 들었습니다."

소혜령이 마종을 대협이라고 하자 존마궁의 궁도들은 놀라면서도 가슴이 뿌듯해지는 것을 느꼈다.

정도무림에서 가장 인망이 있는 두 사람을 꼽으라고 한다면 의종 소혜령과 소림의 원각 대사를 꼽을 수 있었다. 그런데 그중 한 명인 소혜령이 마종인 자신의 궁주에게 대협이라고 말한 것이다.

그 의미는 아주 컸다.

이는 자신들의 궁주가 마종으로서 무공만이 아니라 한 문파의 종사로서 무림의 모든 인물들에게 인정받았다는 뜻이기도 했다.

이렇게 한 사람의 존재감이란 것이 큰 힘을 발휘하기도 한다.

마종은 고마운 시선으로 의종 소혜령을 바라보았다.

문지공은 괜히 자부심이 드는 것을 느끼면서 말했다.

"그저 감사할 뿐입니다."

문지공 외에 두 명의 노인 중 키가 큰 노인이 앞으로 나서며 말했다.

"장선곤입니다. 의종을 뵈어서 영광입니다."

그는 존마궁의 서열 칠위에 올라 있던 고수로 혈해독편(血海毒鞭)이란 별호를 가지고 있었다.

그의 편법은 독하기로 유명했다.

마르고 키가 작은 노인이 마지막으로 인사를 하였다.

"이 늙은이는 왕둔이라고 합니다."

왕둔은 암마(暗魔)라는 별호를 가지고 있고, 별호 그대로 암기의 달인이었다.

세 명의 장로가 의종과 인사를 끝내자 마종은 희미하게 웃으면서 이번에는 중년 서생을 가리켰다.

"이분은 나의 생명을 구해준 분들 중 한 분이시다. 내가 의형으로 모시게 된 분으로, 불패도 귀원이라 불리시는 분이다."

"도…… 도종!"

문지공은 입을 딱 벌렸다.

불과 조금 전에 궁주가 도종과 의형제를 맺었다는 말을 들었는데, 그 말을 듣자마자 정말 궁주의 의형으로 자신들 앞에 나타난 것이다.

마치 꿈을 꾸고 있는 것 같았다.

문지공의 별호가 철마도다.

도를 사용하는 사람치고 도종을 존경하지 않는 자가 있겠는가? 문지공에게 있어서 존마궁 외에 무림의 고수들 중 가장 만나보고 싶은 사람이 있다면 바로 도종이었다.

문득 무엇인가 생각난 듯 문지공이 입을 떡 벌리며 말했다.

"칠종이 세 명이나……."

갑자기 강호의 소문이 생각났다.

'십이대초인 중 세 명이 모이면 세상의 그 어느 문파도 상대할 수 있다.'

물론 칠종이 세 명씩이나 모일 일이 없었기에 그 소문이 진실인지 아닌지는 확인되지 않았다.

서로 경쟁 관계인 그들이 함께 모일 일이 없었던 것이다.

그런데 지금 세 명이 모였다.

'사령혈교 이놈들, 다 죽었다!'

문지공의 입가에 회심의 미소가 감돌았다.

이젠 안심이 되었던 것이다.

세 사람의 무공이야 더 말할 것도 없지만, 그 외에 도산이나 함께 온 이십여 명의 인물도 기도가 출중했던 것이다.

여불휘는 계속해서 함께 온 사람들을 소개해 갔다.

그들은 천문의 수호천검대 대주 단혼검(斷魂劍) 막사야와 그 휘하 수하들 아홉 명, 그리고 귀영천궁대 대주 귀영철궁(鬼影鐵弓) 연자심과 그의 수하들 아홉 명이었다.

귀원과 소혜령을 뺀 나머지 천문의 고수들은 문지공을 비롯해서 존마궁의 궁도들이 들어보지 못한 이름들이었다.

젊은 궁도들 중 상당수는 모두들 조금 실망한 표정들이었다.

천하의 칠종들 세 명과 함께할 정도라면 대단히 이름 높은 고수들일 거라고 생각했던 것이다. 그러나 세 명의 장로를 비롯해서 몇몇의 궁도는 그들의 기도가 결코 만만치 않다는 것을 알고 놀라워하고 있었다.

여불휘는 모든 사람들을 소개한 후 말했다.

"소개한 분들 중 몇 분을 빼곤 모두 이름이 여기까지 알려지지 않은 분들이라 혹시 이분들을 과소평가하는 어리석음이 있을까 봐 미리 말해둔다. 이분들은 모두 내 의아우인 관표의 수하 분들로 그 무공은 능히 무림의 일류고수라 자신할 수 있다. 현재 천문은 무림에서 최고의 문파로 인정받고 있는 중이다."

모두들 새로운 시선으로 그들을 바라보았다.

여불휘는 자신있게 웃으면서 말했다.

"그럼 이제 궁을 다시 찾을 방도를 의논해 불까?"

삼대장로는 갑자기 가슴이 격해지는 것을 간신히 누르고 심호흡을 하였다. 이제 그동안 쌓인 것을 풀 때가 된 것이다. 다만 아쉬운 게 있다면 자신들은 무공이 폐지되어 조금도 도움이 되지 않는다는 것이었다.

그토록 기다리던 순간이 왔는데, 자신들의 할 일이 없다는 것은 정말 서글픈 일이었다. 그들은 자신도 모르게 조금 씁쓸한 표정을 짓고 말았다. 이때 의종 소혜령이 앞으로 나서며 말했다.

"그보다는 먼저 이분들의 무공을 찾아주는 것이 우선일 것 같습니다."

여불휘를 비롯해서 존마궁의 궁도들이 일제히 의종을 바라보았다.

문지공이 조금 떨리는 목소리로 물었다.

"저희가 무공을 되찾을 수 있겠습니까?"

"자세한 것은 진맥해 봐야 알겠지만 그리 어려울 것 같진 않군요. 제가 보기엔 고도의 금나술로 무공이 흐르는 혈을 막아놓은 것 같은데, 그것만 풀어주고 꾸준히 운기를 한다면 한 달 이내에 무공을 되찾을 수 있을 듯합니다."

"감사합니다."

문지공은 간단하게 대답을 하고 더 이상 말을 잇지 못하였다. 조금 더 말을 하면 나이답지 않게 울먹이는 목소리가 흘러나올 것 같았기 때문이었다. 진정하려고 하였지만 몸이 부르르 떨린다.

무인에게 있어서 내공은 곧 생명이었다.

그런 의미에서 본다면 의종 소혜령의 말은 죽었던 생명을 다시 찾아준다는 것이나 마찬가지였다. 그 고마움을 어찌 말로 다 표현할 수 있겠는가.

그뿐만이 아니라 존마궁의 궁도들은 모두 허리를 숙여 인사하면서 감격해하고 있었다.

여불휘가 의종에게 다가서며 말했다.

"이들을 대표해서 궁주인 제가 소혜령님께 다시 한 번 감사를 드립니다. 제 수하들에게 길을 열어주셔서 정말 감사합니다. 저에게 기회가 닿는다면 이 은혜는 반드시 갚을 것입니다."

소혜령이 담담한 목소리로 말했다.

"제 제자가 사랑하는 남자의 의형이신데 이 정도는 그냥 호의라고 생각하세요. 그보다도 우리는 서둘러야 합니다. 여기 일을 빨리 끝내고 강서성으로 이동해야 합니다. 제 제자의 예측이 틀리는 것을 저는 거의 본 적이 없습니다."

도종이 마종을 보면서 말했다.

"소 여협의 말이 맞네. 자네도 빨리 서두르게."

마종 역시 고개를 끄덕이며 말했다.

"알았습니다, 형님."

소혜령이 두 사람을 보면서 말했다.

"일단 조금만 시간을 주세요. 이들이 어느 정도라도 무공을 사용할 수 있게 하겠습니다. 존마궁을 찾는데 이들더러 그냥 보고만 있으라고 한다면 그건 좀 심한 짓인 것 같아요."

마종이 도종을 바라보았다.

도종 역시 무인이다. 어찌 그 마음을 모르겠는가.

그는 의종을 바라보면서 말했다.

"알았습니다. 당연히 그렇게 하는 것이 좋을 것 같습니다. 그동안 우리는 존마궁을 공략할 작전을 짜보겠습니다.”

“감사합니다, 형님.”

마종이 인사를 하자 문지공 등은 감격한 표정을 감추지 못하고 의종과 도종에게 번갈아 가면서 인사를 하였다. 도종은 조금 당황한 표정으로 말했다.

“나에게 인사할 게 뭐 있나, 소 여협이 할 일인데. 그럼 부탁드리겠습니다.”

도종의 말이 끝나기가 무섭게 소혜령이 앞으로 나섰다.

“먼저 문지공님부터 이쪽으로 오십시오.”

문지공이 얼른 그녀의 앞에 섰다.

그때부터 소혜령의 시술이 시작되었다.

그녀는 먼저 자신이 가져온 영단을 하나씩 먹게 한 다음, 성수곡의 비전인 세맥수와 금침대법으로 존마궁도들의 혈을 풀어주기 시작하였다.

그녀의 치료는 무려 열두 시진이나 쉬지 않고 계속되었다. 다행히 마종과 도종이 도인법으로 내공을 보충해 주었기에 치료는 큰 불편 없이 계속될 수 있었다.

그리고 치료가 모두 끝난 그날, 존마궁은 조용히 변화하였다. 존마궁에 파견되어 왔던 사령혈교의 사백여 고수는 그날 단 한 명도 살아남지 못했다.

특히 존마궁을 배신했던 궁도들은 마종과 문지공 등에 의해서 처참한 최후를 맞이해야만 했다.

마종은 존마궁을 되찾고 나서 무려 이각 동안이나 대성통곡을 하였다고 한다. 한때 삼천이 넘었던 궁도들 중 살아남은 사람들은 겨우 사백여 명에 불과했던 것이다.

　무림맹의 취의청 안에는 백리소소와 관표가 나란히 앉아 있었다.
　백리소소가 관표를 보면서 말했다.
　"지금쯤 사부님 일행은 존마궁의 일을 처리하고 강서성으로 가고들
있으시겠죠? 그래야 할 텐데."
　"걱정하지 마시오. 칠종의 세 분이 함께하는데 누가 그것을 막을 수
있겠소."
　"세상일이란 가끔 전혀 예측하지 못하는 곳으로 흘러갈 수도 있습니
다. 특히 촌각을 다투는 일에는 어느 누구도 장담할 수 있는 일이란 없
습니다."
　"존마궁이 있는 곳은 여기서 수만 리 떨어진 광동성이오. 무슨 일이
있어도 어차피 우리가 할 수 있는 것은 아무것도 없소. 그리고 어떤 방
향으로 끝이 나든 그것을 단시간에 알 수 있는 방법도 없소. 그것은 강
서성 역시 마찬가지라고 할 수 있소. 그러니 속 편하게 우리 일을 하면
서 기다립시다."
　백리소소는 조금 불안한 시선으로 관표를 바라보았다.
　그 눈빛을 읽은 관표가 담담한 목소리로 물었다.
　"불안한 것이오?"
　"존마궁이나 본가의 일 때문만은 아닙니다."
　"그럼 무엇 때문에 그리 불안해하는 것이오."
　"구룡상단이 무너지고 백호상단이 궁지에 몰리면서 전륜살가림은
상당히 타격을 받았습니다. 이 정도면 우리가 그들의 터전이었던 상계
를 다시 되찾으려 한다는 사실을 알았을 것입니다. 그리고 그들은 정

말 심각하게 타격을 입었고, 지금도 계속 타격을 입고 있는 중입니다. 이제 정상적인 상업으로는 우리를 이길 수 없다는 것을 알 것입니다. 그렇다면 지금쯤 그들은 무력으로 우리를 공격하고 있어야 정상입니다. 그런데 그 시기가 너무 늦어지고 있습니다. 하다못해 사막을 횡단하는 철마상단의 마차나 녹주현의 습격 같은 것이라도 있어야 정당인 것입니다. 그런데 전혀 아무런 기미가 없습니다. 그래서 불안한 것입니다."

관표도 조금 침중한 표정으로 말했다.

"이미 우리가 철저하게 준비하고 있다는 생각을 하는 것 아니겠소? 그래서 신중하게 움직이는 것 아닌가 생각하오."

"그렇지 않습니다. 분명 무엇인가가 있습니다. 그것이 제가 생각하는 그 일이 아니었으면 합니다."

관표가 궁금한 듯 물었다.

"전에 말한 것 이외에 다른 문제요?"

"그런 것 같습니다."

"짐작 가는 일이 무엇인지 말해보시오."

"아직, 확신할 수 없는 것입니다."

"대체 그게 무엇인지 말해보시오."

백리소소가 고개를 살래살래 저으며 말했다.

"조금만 더 생각해 보고 정리한 다음 말씀드리겠습니다. 지금은 그저 저 혼자만의 걱정일 뿐입니다. 그러나 저는 무림맹의 군사입니다. 대책을 세울 땐 최악의 경우를 생각하고 있어야 하니까 아무리 작은 것이라도 소홀히 할 순 없습니다. 쓸데없는 기우일지 모르지만, 조금이라도 가능성이 있으면 미리 대책을 강구해 놓아야 합니다. 그런데 모든 것을 완벽하게 하기에는 사람이 부족합니다. 그리고 그들은 아직도 음지에 있고, 우리는 양지에 있습니다. 그들이 어디서부터 암수를 쓸지 몰라 그것이 걱정입니다. 제 예상대로 강서성에서 혈풍이 시작된다고 해도 형편상 더 많은 고수들을 보낼 수 없고, 보낸다면 또 이곳 무림맹과 천문이 위험하게 될지도 모릅니다. 현재로선 동시다발로 한꺼번에 터질 수도 있기 때문입니다. 가장 좋은 방법은 한군데 모두 모여 있는 것인데, 그것도 어렵고……."

"알겠소. 어떤 일에 대한 걱정인지 조금은 짐작할 수 있을 것 같소. 일단 숙소에 가서 이야기합시다. 벌써 며칠째 제대로 잠을 자지 못했잖소. 이젠 좀 쉬어야 하오."

백리소소가 살포시 웃으며 말했다.

"그래야겠어요. 좀 쉬어야 머리가 맑아지겠죠."

"잘 생각했소. 그러게 왜 머리 아픈 군사 직은 맡아가지고……."

"가가, 그것은 넓게 생각하면 바로 우리를 위해서입니다."

"우리를 말이오?"

"작전을 교묘하게 짜면 아군이라도 쉽게 이용하고 죽일 수 있는 것이 바로 전쟁입니다. 특히 이번 전륜살가림의 경우는 이전에 있었던 그 어떤 무림의 혈사보다도 더욱 무섭고 힘든 결전이 될 것 같은 예상이 듭니다. 이 안에선 적아가 따로 없을 것입니다. 어차피 싸워야 할 것이면 주도권을 잡은 자들이 가장 적게 피해를 입고 손해를 보지 않게 됩니다. 만약 어줍지 않은 생각에 제갈령을 그냥 두었다면, 그녀는 군사권을 이용해서 우리에게 어떤 피해를 줬을지 아무도 모르는 일입니다. 정말 우리도 모르는 사이에 화살 받이가 된다면 그것처럼 어이없는 일은 없겠지요. 적의 검은 싸워서 이기면 되지만, 같은 편에서 교묘하게 사용하는 암수는 정말 피하기 어려운 것입니다. 그것에 비하면 지금 이것은 별거 아니지요."

관표는 그 말에 동의하지 않을 수 없었다.

이미 제갈령이 어떤 생각을 하고 있었는지 들어서 알고 있던 참이었고, 이전에 하수연을 통해 여자가 엉뚱한 생각을 하게 되면 얼마나 무서워지는지 뼈저리게 경험했기 때문이다.

관표는 가볍게 그녀의 손을 잡아주었다.

백리소소는 부끄러운 듯 고개를 숙였다.

취의청 밖엔 제법 둥근 달이 세상을 은밀하게 비춰주고 있었다. 그 아래에는 수많은 음모와 살육의 현장이 꿈틀거리고 있을 것이다. 그리고 관표와 백리소소처럼 사랑하는 연인들의 은밀함도 있을 것이다. 밤은 그 많은 것을 다 포용하고 있었으며, 달빛은 그런 어둠을 은은하게 감싸고 있었다.

젊고 수려한 이목구비를 가진 청년은 눈앞의 거대한 장원을 바라보면서 말했다.

"크군. 과연 백리세가다워. 예전보다 더 크고 아름다워졌어."

그 옆에 서 있던 귀여운 소녀가 상큼하게 웃으면서 그 말을 받았다. 이제 십오륙 세나 되었을까? 무척 어려 보이는 소녀였지만, 늘씬한 몸매는 풍성해서 마치 삼십대의 몸매는 풍성해서 마치 얼굴 아래만 삼십대처럼 보였다.

"아까운가요?"

"아깝진 않아. 그렇지만 백리장천이 이전보다 강했으면 좋겠다는 생각은 하고 있지."

"강할 거예요. 그는 천군삼성 중 한 명이잖아요."

"그렇겠지. 그럼 들어가 볼까?"

"제가 앞장설게요."

"그러지."

청년과 소녀는 백리세가의 정문으로 다가섰다.

백리세가의 정문을 지키는 두 명의 무사는 수려한 이목구비의 청년과 소녀를 보고 내심 찬탄하였다. 두 무사 중 키가 큰 무사가 다가가 물었다.

"어떻게 오셨습니까?"

청년이 웃으면서 대답하였다.

"백리장천을 만나러 왔네."

무사의 눈썹이 꿈틀거렸다.

"감히……."

"가서 전하게, 오래전에 버린 동생이 찾아왔다고."

"동생?"

무사가 놀라서 청년을 멀뚱하게 바라보다 피식 하고 웃었다. 생각해 보니 전대 가주에게 동생이 있다는 말은 들어본 적이 없었다. 더군다나 이렇게 새파랗게 어린놈이 동생일 리는 없지 않은가.

"이놈. 이름을 대라!"

"장전이라 전하게."

"장전……."

무사는 장전이란 말에 다시 한 번 고개를 갸웃거리다 말했다.

"신분도 밝혀라!"

청년이 대답 대신 한 손을 휘둘렀다. 그러자 한줄기 바람이 거대한 백리세가의 정문을 강타했다.

'팍' 하는 소리가 은은하게 들려왔다.

두 무사가 놀라서 고개를 돌려 정문을 보았다가 눈이 휘둥그레진다. 흑철로 만들어진 정문이 자갈처럼 부서져 내리고 있었던 것이다.

"저… 저……."

"자네도 저렇게 되고 싶지 않으면 지금 빨리 달려가서 전하게. 오래 전에 버려진 동생이 찾아왔다고."

"기, 기다리시오."

두 명의 문지기 중 한 명이 안으로 뛰어들어 갔다.

잠시 후 안에서 젊은 서생이 걸어나왔다.

서생은 조용히 장전이라 불린 청년에게 다가와 공손한 자세로 인사하면서 물었다.

"장전님이라고 들었습니다."

청년이 고개를 끄덕이며 말했다.

"내가 바로 그 장전일세."

"백리세가의 당주인 관청이라고 합니다. 어떤 사연인지 모르지만 일단 안으로 드시지요. 전대 가주님껜 소식을 보냈습니다. 곧 나오실 것입니다."

"신세 좀 지겠네."

서생은 장전과 소녀를 안내하여 안으로 들어갔다.

한참을 걸어서 두 개의 문을 더 들어갔을 때, 반대쪽에서 삼십여 명의 사람이 걸어나오고 있는 것이 보였다.

그들의 모습을 본 소녀가 손으로 입을 가리면서 말했다.

"호호, 저기 백리가주가 나오네요. 그런데 어째 무공의 수위가……?"

웃으면서 말을 하던 소녀가 나중에는 말끝을 흐렸다.

청년이 고개를 흔들면서 애석한 표정으로 그녀의 말을 받았다.

"저건 살아 있는 것이 아니군. 아쉽구나. 내 겨우 무공을 대성하고 나와 나의 첫 상대로 지목한 사람이거늘… 어쩌다가 무공을 거의 잃다 시피 했을꼬. 그 당당하던 백리장천을 보기 어렵겠구나."

"이제 어쩌실 건가요?"

"어쩌긴, 그래도 여기까지 왔는데 확실하게 정리는 하고 가야지. 그리고 묵은 빚도 청산을 해야 하지 않겠는가?"

소녀가 미소를 머금고 말했다.

"그럼 여기는 저에게 맡겨주세요."

"그럼 알아서 하시게."

"고마워요, 상공."

소녀는 한쪽 눈을 찡긋해 보이고는 앞서 걸어나갔다.

그런데 청년과 소녀가 한 이야기를 앞에 서서 가는 관청은 전혀 듣지 못하고 있었다. 둘이 전음으로 말을 했던 것이다.

관청은 갑자기 소녀가 자신의 앞쪽으로 걸어나가자 당황해서 그 앞을 가로막으며 말했다.

"소저, 지금……."

그는 그 다음 말을 하지 못했다.

머리에 구멍이 뚫린 채 서서히 뒤로 넘어갔던 것이다.

"내 앞을 가로막은 자를 나는 아직 살려둔 적이 없어서. 미안."

혀를 날름하며 말하는 그녀는 사람을 죽인 것 같지 않게 귀여웠다. 누가 본다면 정말 순진무구하다고 말할 것이다.

마침 관청이 뒤로 쓰러진 채 피를 흘리며 죽는 순간 백리장천 일행이 그 앞에 도착하였다.

관청이 죽은 모습을 본 백리장천의 얼굴에 작은 경련이 일어났다. 그뿐이 아니라 그와 함께 온 사람들은 모두 분노한 표정들이었다.

백리장천은 소녀를 쏘아보며 말했다.

"그대는 누구인가? 누구인데 백리세가에 들어와서 사람을 함부로 죽이는가?"

소녀가 방긋이 웃으면서 말했다.

"어머나, 벌써 나를 잊다니. 무공만 약해진 게 아니라 기억력까지 감퇴되었네. 호호호."

백리장천은 노한 표정으로 그녀를 보다가 점점 안색이 굳어져 갔다.

"너… 넌……."

"호호호. 장천, 이제야 기억이 나는가 보죠."

백리장천은 딱딱한 표정으로 그녀를 바라보다가 말했다.

"묘선."

"호호호, 좋아요. 나를 기억하는군요."

백리장천의 표정이 침중해졌다.

"오랜만에 만난 인사치곤 많이 과격하군."

"제가 좀 그런 편이잖아요. 그리고 지금은 이해하세요. 쌓인 게 많다 보니 나도 모르게 과격해졌네요."

말을 하면서 눈을 찡긋거린다.

백리장천은 망연한 표정으로 잠시 동안 그녀를 보았다가 한쪽에 서 있는 청년에게 시선을 돌렸다.

그는 자칭 자신의 동생 장전이라 했다고 한다.

장전. 기억하고 싶지 않은 이름이었다.

백리장천은 잠시 동안 청년을 바라보았고, 청년 역시 백리장천을 보고 있었다.

第十四章
장전묘선(長電妙選)
―이제 중원은 더 이상 너희들 것이 아니다

"오랜만이구나."

백리장천의 묵직한 목소리에 장전의 입가엔 비틀린 웃음이 떠올랐다.

"나를 기억은 하는군."

"네놈을 기억하지 못할 리가 있겠느냐? 그런데 참으로 요사한 무공을 익힌 것 같구나."

청년이 손을 들어 보이면서 말했다.

"형님이 좀 이해해 주슈. 아무래도 내 실력이 달리다 보니 제대로 된 무공은 어려울 것 같고, 내 몸을 좀 개조했을 뿐이오. 그랬더니 이렇게 멋진 모습으로 환골탈태가 되었지 뭐요. 그래서 겁없이 형님에게 다시 한 번 도전해 보려고 돌아온 것이고."

백리장천은 가볍게 한숨을 쉬었다.

"네놈은 정신 좀 차리라고 백호궁에 맡겼더니, 오히려 더 이상하게 변해서 돌아왔구나. 더군다나 저 요사한 계집하고는 여전히 붙어 다니고."

"깔깔깔."

묘선은 백리장천의 말을 듣더니 갑자기 크게 웃기 시작했다. 그러다 갑자기 웃음을 멈추곤 모호한 표정으로 백리장천을 보면서 말했다.

"요사한 계집이라고? 네놈이 내게 그렇게 말할 자격이 있느냐? 나를 짓밟고 내던진 네놈이 감히 나에게 요사하다고 말할 수 있느냐?"

그 말을 들은 사람들은 모두 흠칫하는 표정을 지었다. 그러나 백리장천이나 그의 뒤에 나란히 서 있는 십대가신들의 표정은 여전히 변함이 없었다.

백리장천은 담담한 목소리로 말했다.

"음약으로 나를 우롱하려다가 쫓겨난 계집이 아직도 자신의 잘못을 뉘우치지 못했구나."

"호호호, 음약이라고? 백리장천, 네가 그러고도 천군삼성의 한 명이라고 할 수 있느냐?"

"요망한……."

"죽인다!"

소녀의 눈에서 순간 독한 살기가 뿜어져 나오자 십대가신은 저도 모르게 가슴이 서늘해지는 것을 느꼈다. 백리장천의 안색이 어두워졌다.

'좋지 않다. 하필이면 내가 완전히 낫지 않았을 때 이런 일이 벌어지다니…….'

의종 소혜령의 도움으로 무공을 회복해 가고 있는 백리장천이었지만, 이전의 자신으로 돌아가기에는 아직 멀고 먼 시간이 남아 있었던 것이다.

무엇보다도 지금 눈앞에 있는 묘선이나 장전의 무공을 그가 예측하기는 어렵다는 점이었다. 단지 그가 짐작할 수 있는 것은 두 사람의 무공이 이전에 비해서 무섭게 발전해 있다는 사실이었다.

백리장천의 뒤에 서 있던 십대가신 중에 한 명이 앞으로 슬쩍 나서면서 묘선을 노려보며 말했다.

벽력검(霹靂劍) 하진은 십대가신들 중에서도 가장 성질이 급한 인물이었다.

"계집, 찢어진 주둥이라고 말을 함부로 하는구나."

"계집이라고? 우선 네놈부터다!"

고함과 함께 묘선의 신형이 화살처럼 날아 하진을 향해 달려들었다. 그 모습이 너무 빨라 마치 한 가닥의 번개가 날아오는 것 같은 모습이었다.

"갈!"

고함과 함께 하진의 벽력검이 번개처럼 뽑히면서 묘선의 얼굴을 찍어갔다.

'땅' 하는 쇳소리가 들리면서 묘선과 하진의 신형이 거짓말처럼 멈추었다.

"저저……."

사람들이 놀라 두 사람을 바라볼 때, 백리장천의 얼굴에 노기가 스며 나오며 자신의 검을 뽑아 휘둘렀다.

하진의 벽력검은 묘선의 여린 팔에 막힌 채 멈추어져 있었고, 묘선의 손가락은 하진의 얼굴을 가리키고 있었는데, 하진의 이마엔 동전만한 구멍이 나 있었던 것이다.

백리장천이 검을 휘둘러 묘선을 공격하는 순간 묘선의 표정이 기묘하게 변했다.

"호호. 무공이 무뎌졌구나, 장천. 이 정도면 나와 장전이 협공을 안 해도 되겠는데."

말의 여운이 가시기도 전에 그녀의 손이 기묘한 호선을 그리면서 백리장천의 검을 방어해 갔다. 동시에 그녀의 발이 장천의 가슴을 향해 찍어갔는데, 그녀의 그 모습은 마치 한 마리의 암고양이 같았다.

팟.

기묘한 소리가 들리면서 두 사람의 신형이 엉켰다 풀어지면서 백리장천의 신형이 뒤로 비틀거리며 물러섰다. 그의 가슴엔 선명한 발자국이 나 있었는데, 약간의 타격을 입은 것 같았다.

"묘수동천(猫手動千)."

백리장천의 말을 들은 십대가신을 비롯해서 백리세가의 사람들이 다시 한 번 놀란 시선으로 묘선을 바라보았다.

묘수동천은 묘수기공이라고도 불리는 무공으로 강호무림의 십대마공 중 한 가지였다. 백리장천의 말을 들은 묘선이 고개를 흔들면서 말했다.

"묘수동천에 내가 몇 가지를 더 추가했으니 정확하게 말하면 기존의 묘수기공은 아니지."

그 말은 지금 묘선의 무공이 대종사의 경지에 달해 있다는 말이었다.

백리장천은 고개를 흔들었다.

"이상하군. 아무리 그래도 본래 네가 가지고 있던 무공에 비해서 너무 강해졌어. 이건 뭔가 정상적이지 못하다."

백리장천의 말을 들은 묘선의 입가에 묘한 미소가 감돌았다.

"역시 천검이군. 호호호, 그것이 무엇인지는 죽으면서 찾아보는 게 좋을 거야."

그녀의 신형이 다시 한 번 탄력있게 튕겨가면서 백리장천에게 달려들었다. 그녀의 손가락에서 실선 같은 지력들이 검처럼 뿜어져 나와 백리장천을 찍어갔다.

"갈!"

고함과 함께 백리장천의 검에서 한 가닥의 검기가 뿜어져 나왔다. 백리세가의 절대절기라 할 수 있는 무무수천검법(武乭修天劍法)의 정화가 펼쳐진 것이다.

피잉.

하는 소리가 들리면서 백리장천의 검기와 묘선의 지력이 뒤엉켜 들었다가 퍼지면서 기의 파편을 사방에 쏘아 보냈다.

"우웃!"

근처에 있던 십대가신들이 뒤로 분분히 물러섰다.

그와 동시에 '우욱' 하는 신음 소리가 들리면서 백리장천의 신형이 뒤로 물러서고 있었는데, 온몸의 여기저기에 상처가 벌어져 있었다. 반대로 묘선의 얼굴엔 작은 혈선이 하나 그어져 있을 뿐이었다.

십대가신들 중 살아남은 아홉 명의 가신이 무기를 뽑아 들려 할 때였다.

"모두 피해라. 내가 이곳을 막고 있는 동안 광이와 화를 데리고 천문으로 가라. 그렇지 않으면 오늘 백리세가는 멸문을 당하고 말 것이다."

백리장천의 전음에 십대가신들의 얼굴이 창백해졌다.

그들의 표정에서 무엇을 읽었음인가 묘선의 얼굴에 잔혹한 미소가 떠올랐다.

"도망가려는가? 그렇게 두지 않을 것이다!"

묘선의 신형이 잔상처럼 흩어졌다.

"이형환위!"

백리장천이 놀란 목소리로 소리를 치면서 자신의 검을 휘둘렀다. 다시 한 번 묘선의 손톱에서 뿜어진 지력과 검기가 엉켜들었다. 그리고 그 순간 십대가신들이 일제히 뒤로 물러섰다. 그러나 십대가신들이 뒤로 물러섬과 동시에 그동안 구경만 하고 있던 장전의 신형이 그들에게로 덮쳐 갔다.

그의 손에는 날카로운 비수가 한 자루 들려 있었다.

우웅.

소리와 함께 장전의 손에 들린 비수에서 일 장가량의 밝은 기운이 솟아 나왔다.

그것을 본 수석가신인 유천현이 놀라서 고함을 질렀다.

"거, 검강! 피해라!"

고함을 지르면서 바닥을 굴렀다. 그러나 미처 피하지 못한 세 명의 가신이 그 자리에서 몸이 두 쪽이 되어 쓰러졌다.

그것을 본 백리장천의 눈에 불꽃이 튀었다.

"이… 노옴!"

고함과 함께 그의 검에서도 맑은 광체가 튀어나오면서 묘선을 단숨에 베어버릴 듯이 그어갔다. 그러나 묘선의 지력 또한 푸른 청색으로 바뀌면서 백리장천의 검을 막음과 동시에 오히려 백리장천을 공격해 들어갔다.

묘수동천의 정화라 할 수 있는 묘수진살강(妙手震殺罡)의 초식이 펼쳐진 것이다.

백리장천은 정신이 아득해지는 것을 느꼈다.

이전에 비해 사분의 일밖에 되지 않는 내공으로는 무무수천검법을 완전히 시전하기란 불가능했다. 그리고 상대인 묘선의 무공은 불가사의할 정도로 강했다.

'파르륵' 하는 소리가 들리면서 묘선의 지력이 백리장천의 심장을 찌르려 할 때였다.

"멈춰라!"

고함 소리가 들리면서 한 자루의 검이 묘선의 등을 노리고 무서운 기세로 날아왔다. 그러나 묘선은 전혀 망설이지 않고 자신의 손을 그대로 천검 백리장천의 가슴에 박아 넣었다. 그리고 그 순간, 한 자루의 검이 묘선의 등을 뚫고 들어가 반대편으로 삐져 나왔다.

"호호호, 좋아! 정말 재미있네. 누구인지 모르지만 미안해서 어쩌지? 백리장천은 여기서 죽을 텐데."

"마녀!"

심장이 깨진 백리장천이 자신의 모든 힘을 모아서 가로로 내려쳤다. '퍽' 하는 소리가 들리면서 백리장천의 검이 그녀의 어깨를 내려쳤다. 그러나 '땅' 하는 소리가 들리면서 백리장천의 검은 반으로 부러져 버렸다.

그리고 그 순간 두 개의 그림자가 벼락같이 달려오면서 하나는 묘선을, 그리고 또 하나는 장전을 향해 살수를 펼쳐 갔다.

이미 십대가신 중 다섯이나 죽인 장전의 눈이 파랗게 빛났다.

"제법이야."

그의 신형이 팽이처럼 돌면서 비수를 휘둘렀다.

'따다당' 하는 소리가 들리면서 뛰어들었던 그림자가 뒤로 서너 걸음을 물러섰다. 그러나 장전 역시 뒤로 다섯 걸음이나 물러서야만 했다. 그리고 그때 묘선은 백리장천의 가슴에서 손을 뽑음과 동시에 몸을 틀면서 양손을 휘둘렀다.

'팡' 하는 소리와 함께 묘선을 공격했던 그림자 역시 주춤거리며 뒤로 물러섰다. 그녀는 일단 물러서면서 손을 뒤로 젖혔다. 순간 그녀를 기습했던 마종은 물론이고 보고 있던 백리세가의 사람들마저 아연하고 말았다.

그녀의 손이 이해할 수 없는 각도로 꺾이면서 늘어난 것이다.

그녀는 그 상태로 자신의 등에 박힌 검을 태연하게 뽑아냈다.

단 한 방울의 피도 흘리지 않은 채.

나타난 두 사람은 도종과 마종이었다.

그들은 백리소소의 말대로 존마궁을 수복한 다음 바로 이곳으로 달려온 것이다. 그러나 조금 늦어서 백리장천이 쓰러지고 말았다. 두 사람이나 백리세가의 사람들이나 일순 멍하니 쓰러져 있는 백리장천을 바라볼 뿐이었다.

정말 죽었는지 실감이 나지 않았던 것이다. 그러나 죽은 것은 분명했다. 제아무리 신선이라도 심장이 부서지고 살아남을 수는 없는 것이다.

"가, 가주님……."

유청현이 몸을 떨면서 백리장천을 볼 때 한 쌍의 남녀가 뛰어나와 백리장천에게 다가갔다. 두 사람은 바로 백리소소의 동생인 백리광과 백리화였다.

"하… 할아버지."

백리화가 울면서 다가가려 할 때 등 뒤에서 검을 뽑은 묘선이 다른 한 손으로 품 안에서 대나무 통을 꺼내 입으로 줄을 당겼다.

'펑' 하는 소리가 들리면서 하늘에서 폭죽이 터졌다.

"젠장."

마종은 이 예상치 못한 일에 발을 구르고 말았다.

천검이 죽은 것에 연연하느라 미처 그녀의 행동을 제지하지 못한 것이다. 하긴, 제지한다고 제지할 수 있는 일이 아니긴 했다. 그녀는 그도 쉽게 장담할 수 없는 고수였던 것이다.

'대체 이 괴물 같은 계집은 뭔가?'

궁금했다. 그러나 그 의문은 나중이었다.

마종보다 먼저 행동한 것은 도종이었다.

"차앗!"

맑은 기합 소리와 함께 도종의 성명절기인 십절광한도법이 펼쳐지기 시작했다.

속전속결을 결심한 듯 그는 처음부터 가장 무서운 살초 중 하나인 광한명강을 펼쳤다. 그의 도에서 뿜어진 한 가닥의 강기가 장전의 머리를 향해 떨어져 내렸다.

장전의 표정이 굳어졌다.

"이런 빌어먹을! 대체 이 자식은 누구야?"

고함과 함께 그의 비수가 위로 비스듬히 치켜 올라갔다.

'필리락' 하는 소리가 들리면서 비수에서 뿜어진 강기와 도에서 뿜어진 강기가 눈 깜박할 순간에 다섯 번이나 충돌하였다. 그리고 둘의 사이도 급격하게 가까워졌고, 어느 순간 도와 비수가 대각선으로 마주

쳐 갔다.

탕!

도와 비수가 충돌하였다.

겨우 한 뼘이 조금 넘는 비수와 반 장에 달하는 도가 충돌했지만 충돌하는 순간 균형이 잡히면서 두 개의 무공이 허공에서 정지하였다.

그러나 그것은 아주 잠시였다.

도종 귀원의 도가 미묘하게 흩어지면서 십절광한도법의 마지막 초식인 십기단도로 변환하였다. 순간 열 가닥의 도기가 바로 코앞에 서 있는 장전의 목과 얼굴, 그리고 단전과 가슴을 향해 뿜어져 나갔다. 장전 역시 상황이 심상치 않다는 것을 알고 급하게 자신의 비수를 기묘하게 틀면서 초식을 변환시켰다.

그의 비수가 작은 원을 그렸고, 그 원은 파장을 이루면서 크게 동심원을 그리고 퍼져 나가면서 십기단도의 기세를 흩어놓으려 했다. 그리고 그 순간, 이미 도종은 초식을 다시 한 번 변환시키고 있었다.

그의 비전인 쌍절사라사한도법이 펼쳐진 것이다.

'번쩍' 하는 섬광이 나타났다가 사라졌다.

'창' 하는 맑은 소리와 함께 장전의 몸이 무려 삼 장이나 뒤로 날아갔다. 도종은 장전이 튕겨 나가자 재빨리 사방을 둘러보았다.

한쪽에서 마종과 묘선이 대결을 펼치고 있었는데, 둘의 대결은 막상막하로 현재론 누가 더 강하다고 말할 수 없을 정도였다.

한데 문제는 그것이 아니었다.

사방에서 들려오는 결투 소리로 보아 이미 수많은 적들이 백리세가를 공격하고 있다는 것을 알 수 있었다.

십대가신 중 한 명과 백리화가 죽은 백리장천의 시신을 수습해서 한쪽에 서 있을 뿐 나머지 가신들과 백리세가의 무사들은 모두 침투해 오는 적들을 상대하느라 정신이 없었다.

다행이라면 의종을 비롯해서 천문의 고수들이 백리세가와 합세했을 것이라는 정도였다.

도종이 자신의 도를 들고 다른 사람을 도우러 자리를 뜨려 할 때였다.

"큭, 좋아! 이제야 네가 누구인지 알겠다. 바로 불패도라는 잡종이겠지. 흐흐, 나에게 상처를 입히다니… 소문대로 제법이군."

도종이 돌아보고 어이없는 표정을 지었다.

장전이 자리에서 일어서고 있었는데, 가슴을 쩍 벌어지게 만들어놓았던 상처는 이미 거의 다 아물고 있었다.

"대, 대체……."

"흐흐, 알고 싶으냐? 한 가지, 나는 그 정도의 공격에 절대 죽지 않는다는 것이다. 그리고 오늘 백리세가에는 나와 묘선을 빼고도 나와 같은 인간이 셋이나 더 왔단 것을 알아야 할 것이다."

도종의 표정이 어두워졌다.

'위험하다. 제수씨가 우리를 보내면서 왜 그렇게 불안해했는지 알 것 같다.'

문득 그녀가 신신당부했던 말들이 떠올랐다.

"만약 상황이 조금이라도 어려워지면 더 이상 지체하지 말고 자리를 피하셔야 합니다. 그리고 백리세가에 도착해서 아무 일도 일어나지 않았다면 백리세가의 모든 식솔들을 데리고 천문으로 오셔야 합니다. 명심하셔야 합니다. 절대 호승심으로 인해 일을 그르쳐서는 안 됩니다."

이상하게 불안해하던 그녀의 모습이 떠오른다.

'과연 제수씨는 이 상황을 어느 정도 예측하고 있었구나.'

도종은 더 이상 망설였다가는 그나마 살아남은 사람들마저 전부 죽을 수 있었다.

우선 눈앞의 인간만 해도 괴물에 가까웠던 것이다.

그는 묘선과 대결하고 있는 마종에게 전음을 보냈다.

"불휘, 지금 상황이 좋지 않네. 자칫하다가는 백리세가의 대가 여기서 끊어질지도 모르네. 일단 이 자리를 피해야 할 것 같네."

"알았습니다, 형님. 대체 이 괴물들은 어디서 온 것일까요?"

"그건 나도 모르겠지만, 일단 자네와 내가 퇴로를 만들고 소 여협과 도산 등에게 백리세가의 식솔들을 데리고 도망가게 해야 할 것 같네. 지금쯤 강 쪽으로 가면 천문의 배가 우리를 기다리고 있을 것일세."

"알았습니다."

마종도 그것이 가장 좋은 방법이라고 생각했다.

그도 장전이 하는 소리를 들어 이들만 한 고수가 아직 셋이나 더 있다는 것을 안 것이다.

"이 노옴! 이번엔 반드시 죽인다."

고함과 함께 도종이 장전을 향해 몸을 날렸다.

"소소야."

"할아버지."

"아무래도 이 할아비는 먼저 가야 할 것 같구나. 하지만 소소야, 네가 걱정이다."

한 번도 본 적이 없는 할아버지의 슬퍼 보이는 모습에 백리소소는 가슴이 답답해지는 것을 느꼈다.

"어디로 가신단 말인가요?"

백리장천은 대답하지 않았다.

대신 그의 모습이 조금씩 희미해져 갔다.

무엇인가 하고 싶은 말이 있는 것 같은데 입만 벙긋하면서 자꾸 손으로 남쪽을 가리킨다.

"할아버지, 할아버지!"

백리소소는 손을 허우적거리면서 소리를 지르다 벌떡 자리에서 일어섰다.

얼른 사방을 둘러보았다.

"괜찮소?"

취의청 안이었다.

깜박 잠들었다가 꿈을 꾼 것 같았다.

그의 곁에 있던 관표가 걱정스런 표정으로 그녀를 바라보고 있었다. 백리소소는 민망한 표정으로 고개를 숙이며 말했다.

"괜찮아요."

"악몽을 꾼 모양이오."

"꿈에 할아버지가 나타나셨어요. 아무래도 불길합니다. 그런데 저에게 무엇인가 말씀을 하려 하신 것 같아요."

그녀는 가슴에 무엇인가 맺힌 것처럼 답답했다.

이상하게 불안하고 슬펐다.

"물이라도 한잔 미시겠소?"

"고마워요, 가가."

그녀는 관표가 떠다 준 냉수를 한 사발이나 마시고 나서야 개운한 듯 고개를 흔들었다. 사발을 내려놓은 백리소소는 문득 할아버지가 마지막으로 가리켰던 방향을 바라보았다.

남쪽.

강서성의 백리세가가 아니었다.

"모과산."

관표가 백리소소를 바라보았다.

"모과산이 어쨌단 말이오?"

"할아버지가 모과산을 가리키고 있었어요. 그리고… 위험……."

백리소소는 자리에서 벌떡 일어섰다.

"가가, 모과산이 위험해요!"

관표의 표정이 굳어졌다.

"무슨 말이오?"

"아무래도 지금 백리세가도 위험하고 모과산도 위험해지고 있는 것 같아요. 빨리 천문으로 돌아가야 해요."

관표의 표정이 굳어졌다.

"알았소."

두 사람은 이내 무림맹의 취의청 밖으로 신형을 날렸다.

모과산.

십일장이 끝난 지 벌써 삼 일이 지났다.

장이 서는 녹림광장에서 녹림도원으로 들어가는 곳엔 커다란 문이 있고, 그 문을 경계로 앞쪽 오른쪽, 뒤쪽 왼쪽에 두 개의 건물이 있었다. 앞쪽 건물은 작은 정자처럼 생겼고, 뒤쪽에 있는 건물은 굉장히 컸다.

앞의 건물은 초번을 서는 무사들이 쉬는 곳인데 보통 다섯 명의 무사가 번을 서면서 일부는 이 안에 들어와 쉬면서 차와 다과를 먹곤 하였다. 그리고 다섯 명 중 조장은 항상 안에 있으면서 수하들을 관리하였다.

그리고 문 뒤쪽에 있는 건물은 외순찰당의 분타를 겸한 곳으로 항상 이십여 명의 무사가 머물고 있었다.

건물 안에는 무사들이 쉬고 잘 수 있는 곳까지 있어서 언제나 북적거렸다.

문 앞에 서 있던 두 명의 무사는 앞에 다가오는 다섯 명의 사람을 보고 정신이 번쩍 들었다. 다가오는 사람들은 그가 너무도 잘 알고 있는 사람들이었다.

철마상단 소속의 무사들이었던 것이다.

그들 중엔 철마상단의 부단주인 철수쾌검(鐵手快劍) 도상도 포함되어 있었다.

마침 정자 안에서 밖을 살피고 있던 조장이 얼른 밖으로 나와 다가오는 도상에게 인사를 하였다.

"부단주님, 가셨던 일은 잘되셨습니까?"

도상이 미소를 지으며 고개를 끄덕였다.

표정으론 상당히 만족할 만한 성과가 있었던 것 같았다.

도상과 네 명의 무사는 눈인사를 한 후 문을 통과하여 안으로 들어갔다. 문을 통과하면 그 다음부터는 계단을 통해 삼십여 장을 걸어 올라가야만 한다. 그리고 삼십 장 위에는 또다시 거대한 성곽과 성문이 존재하는데, 이곳이 바로 녹림도원으로 들어가는 마지막 관문이었다.

도상 일행이 그 문을 무사히 통과해서 안으로 들어가자 녹림도원의 아름다운 광경이 한눈에 들어왔다. 잠시 동안 녹림도원의 모습을 지켜보던 도상의 입가에 미미한 미소가 어렸다.

"멋있군."

그 옆에 있던 무사 한 명이 고개를 끄덕였다.

"이런 산골에 무릉도원이 있을 줄은 생각도 하지 못했습니다."

그 말을 다른 무사가 받았다.

"흐흐, 하지만 잠시 후면 이곳은 폐허가 될 텐데."

도상이 고개를 흔들었다.

"오늘 여기를 완전히 정복한 후 이곳에 전륜살가림의 총타를 세우면 좋을 것 같은데, 림주님께 한번 건의해 봐야겠어. 될 수 있으면 건물들은 부수지 말고 사람만 죽여라."

그 말을 들은 네 명의 무사와 도는 그 자리에서 허리를 숙였다.

"명."

인사를 하고 모두 허리를 폈을 때 체구가 유난히 작은 한 명의 무사가 얼굴 한쪽을 잡고 잡아당겼다. 그러자 그 안에서 아주 예쁜 소녀가 모습을 드러냈다.

그녀는 도상을 보면서 말했다.

"환제 사숙님, 도는 정말 인피면구가 싫어요. 특히 이건 만든 지 얼마 안 돼서 피 냄새가 나는 것 같아요."

그 말을 들은 무사 중 한 명이 말했다.

"그거 때문에 우리가 여기까지 아무 저지 없이 들어올 수 있었다."

"탄 사숙, 화내지 마. 하지만 그냥 다 죽이고 들어와도 어차피 우리 상대는 안 되잖아요. 뭐가 이리 복잡해."

"무슨 소리냐? 정말 그렇게 한다면 우리가 쉽게 여기까지 왔을 것 같아? 천문을 우습게보지 마."

탄의 말에 환제가 고개를 끄덕였다.

"그렇다. 이곳은 결코 쉬운 곳이 아니야. 그럼 이제 시작해 볼까? 탄."

한 명의 무사가 도상으로 변하여 있는 환제에게 허리를 숙였다.

"너는 경구와 함께 여기를 완전히 장악하고 형제들을 안으로 들여라. 그 다음은 내 명령이 없더라도 녹림도원과 천문을 완전히 지워라."

"명."

탄과 한 명의 무사가 복창을 하고 조금 전 자신들이 들어온 성문 쪽으로 걸어갔다.

"도."

"예, 사숙."

"넌 비사와 함께 안으로 들어가서 고수들만 찾아 죽여라! 특히 최우선은 투괴 하후금이다."

"호호, 맘에 들어요. 사숙, 역시 암살은 제가 해야지요. 가요, 비사."

도가 바로 자신의 옆에 서 있는 무사를 보고 말하자 무사는 딱딱한 목소리로 말했다.

"알았소. 갑시다."

도와 비사가 마을 안으로 스며들자 환제는 느긋하게 걸음을 옮기기 시작했다.

'투왕과 무후, 이제야 너희들에게 복수를 하는구나. 어떤 일이 있어도 오늘의 재앙에서는 벗어날 수 없을 것이다.'

철저하게 준비를 하고 온 환제였다.

여러 가지 경로를 통해 관표와 백리소소가 무림맹에 있다는 것을 알고 있었던 것이다.

'아쉽다. 만약 두 사람이 이곳에 있었다면 둘 다 죽일 수 있을 것 같은데.'

그러나 곧 미련을 버렸다.

십 할의 안전성을 위해서 림주가 내린 명령이었다. 그리고 지금쯤이면 무림맹도 습격을 받고 있을 것이다.

잘하면 거기서 투왕과 백리소소가 죽을 수도 있을 것이다.

도상은 느긋하게 마음을 먹고 안으로 천천히 걸어 들어갔다.

도상이 마을 안으로 들어섰을 때였다.

앞에서 한 명의 소녀와 소년이 손을 맞잡고 걸어오는 것이 보였다. 소녀와 소년은 도상에게 다가와 반갑게 인사하였다.

"안녕하세요, 도상 아저씨."

도상은 자신도 모르게 흠칫하였다.

그는 지금 도상을 죽이고 그의 모습으로 변해 있었기에 지금 눈앞에 있는 귀여운 소년과 소녀가 누구인지 모른다. 귀찮은데 그냥 죽여 버릴까 하는 생각도 들었지만, 굳이 지금 그럴 필요를 느끼지 못했다. 아직 성문도 열리지 않았고 중요한 하후금을 죽이지도 못했다.

"그래, 어디들 갔다 오니?"

소녀가 대답하였다.

"개울가에 갔다 와요."

소년이 물었다.

"그런데 목소리가 왜 그래요?"

도상은 흠칫하였다.

"며칠 동안 무리를 했더니 몸살이 심하게 걸렸단다."

소녀가 걱정스런 얼굴로 도상을 보면서 말했다.

"조심하세요, 아저씨. 어서 들어가서 쉬셔야죠."

"그래야겠다. 그런데 너희들은 집으로 가는 중이냐?"

"그럼요. 그럼 저흰 이만 들어갈게요."

"그러려무나."

"위야, 어서 집으로 가자."

"예, 누나."

관표의 여동생인 관요는 막내 동생인 관위의 손을 잡고 걸음을 옮겼다.

그 뒷모습을 보던 도상은 조금 더 망설였다.

비록 입고 있는 옷은 수수하지만 소녀와 소년은 내공을 익힌 것이 분명해 보였다. 그리고 생김새로 보아 평범한 집안의 아이들은 아닌 듯했다.

'잡을까?'

환제는 망설였다. 그러나 그 망설임은 잠깐이었다.

결심을 한 환제는 눈에 살기를 감추고 걸어가는 관요와 관위를 바라보았다.

〈제10권 끝〉

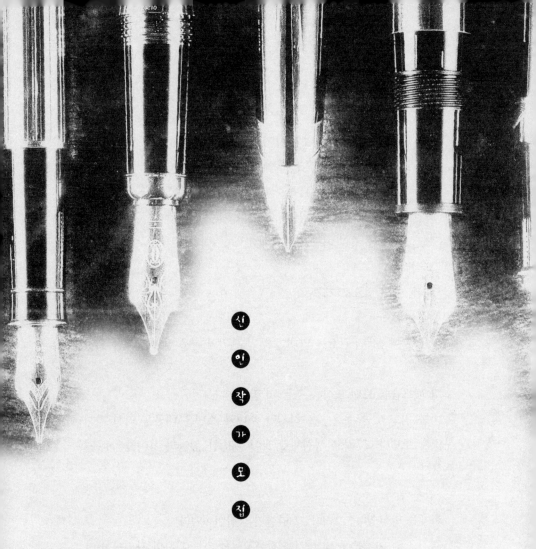

신
인
작
가
모
집

시작이 반이라고 했습니다.
작가의 길에 대한 보이지 않는 벽을 과감히 깨뜨리십시오!
청어람은 작가 지망생 여러분들의
멋진 방향타가 되어드리겠습니다.

저희 도서출판 청어람에서는
소설 신인 작가분들을 모집합니다.
판타지와 무협을 사랑하시는 분들의 많은 참여를 바랍니다.
소정의 원고(A4용지 150매)를 메일이나 우편으로 보내주시면
검토 후 출판 여부를 알려드리겠습니다.

주소:경기도 부천시 원미구 심곡1동 350-1 남성B/D 3F 우편번호420-011
TEL:032-656-4452 · **FAX**:032-656-4453
http://www.chungeoram.com
e-mail:chungeoram@chungeoram.com

청어람 판타지의 재도약!!

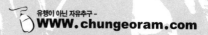